JN074858

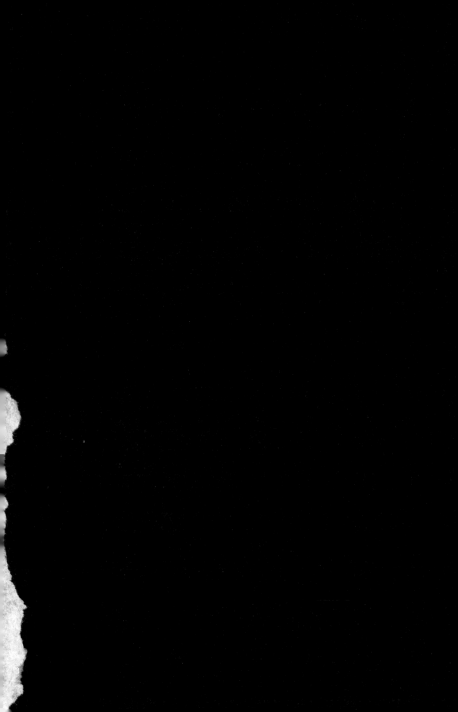

水村美苗、
石内都、
山田詠美における
越境と言葉の獲得

Miho TAJIMA
但馬みほ

アメリカをまなざす娘たち

小鳥遊書房

【凡例】

・引用は章の初出のみ註で示し、以降は筆者名とページ数（連続する場合はページ数のみ）を括弧で引用箇所の下に記した。

・引用文中、引用者による補足は［　］で記した。

目次

序章

越境に関する国際状況

フェミニズム、ポストコロニアリズム批評の代表的論者トリン・T・ミンハは、ベトナム戦争中の一九七〇年に一七歳でアメリカ合衆国に移住した経験をもつ。『ここのなかの何処かへ——移住・難民・境界的出来事』(1)においてトリンは世界各地で大量の避難民、移住者、亡命者、難民が発生している状況を次のように論じている。

もはや一時的な解決を要する非常事態とは片づけられないこの難民という問題は、私たちの時代には恒常的なものとなっており、今日ではアフリカ、中東、ラテン・アメリカ、アジア、ヨーロッパなど、世界中の殆ど至るところで目につくものとなっている。「国境戦争」が国際的規模で多面的に遂行されており、それに伴って必然的に国境の守りを固めたり、制御を強めたり、障壁自体を増やしたりするという事態が表面化してきており、結果として境界線の周辺でさまざまな侵略が行われる状況が起きつつある。(トリン 九八頁)

トリンが訴えるのは最近の政治情勢ではない。驚くことに右は一九八〇年代の国際状況の謂《い》いである。これだけを見ても、越境という事態が恒常的で多くの人びとを巻き込む喫緊の懸案事項であることが理解できよう。

自発的であれ、やむを得ない事情によるものであれ、移住という現象が境界の内部と外部を攪乱し、さまざまな問題を引き起こすということは昨今のニュースが伝えるところである。一九八〇年代の後半から九〇年代の前半にかけて、ベルリンの壁の崩壊、ソビエト連邦の解体と冷戦の終結、その結果としてのアメリカの経済市場の席巻は、アメリカ主導のグローバリゼーションを一気に加速させ、いよいよ地球上から境界が消滅するかに思われた。しかしグローバリゼーションの旗振り役であったアメリカが一転、頑迷な保護主義の壁を築こうとしている。

二〇一七年一月にアメリカ第四五代大統領に就任したドナルド・トランプは、大統領選挙期間中からメキシコとの国境に強固な壁を建設することを公約の目玉として掲げた。大統領就任直後にはイスラム教徒をターゲットとした特定諸国出身者の入国を一時的に禁ずる大統領令を発し、国の内外から非難を浴びた。大統領令は複数の連邦地裁によって即座に差し止められたが、トランプ政権の特定地域の外国人嫌悪を煽る姿勢は、在任中軟化の兆候を見せなかった。二〇二一年一月にトランプに代わって第四六代大統領に就任したジョー・バイデンは、就任直後に人道上の理由から国境の壁建設をめぐる国家非常事態宣言を撤回。その結果中南米からの移民が急増したが、一年も経たないうちに撤回したはずの移民の「メキシコ待機」政策が連邦裁判所の判断により再開、現在も先行きは見通せない状況である。

W・E・B・デュボイスが『黒人のたましい』のなかで「二十世紀の問題は、皮膚の色による境界線《カラー・ライン》の問題である」[2]と述べたのは一九〇三年のことだが、事態は二一世紀の現在でも好転することなく、世界各地でさらに強固な壁の建設が進められようとしている。

トリンはしかし壁のもつ二面性を看破して以下のようにいう。「**人を排除するための高い壁は同時に人を招き入れるものともなる**」(トリン 二四頁)(太字強調は原文による)。壁の在るところ人はそれを乗り越えようとするものである。境界とは一本の確固たる線ではなく、こちら側とあちら側がせめぎあい、作られては壊されて、常に流動的なゾーンを形成する。緊張をはらむこの狭間の空間にこそ、潜在的な創造力が潜んでいるとトリンは示唆するのである。

『ここのなかの何処かへ』の訳者あとがきで小林富久子は、境界は「あらゆる創造的営みに最適の場所」だとし、その理由として境界が「さまざまな見方や価値がぶつかりあい響き合う場所であるため、従来の固定観念に縛られない創造が可能になる」としている。境界は「インサイダー/アウトサイダーの区分」でありながらも、「そうした区分を曖昧化させ、揺るがす点でも称揚されている」[3]と述べている。

いかにも、どんなに堅固な壁でも常に同じ場所に存在しつづけるとは限らない。目標とする壁を乗り越え、穴をあけ、地下通路を掘り、あらゆる手段を講じて移動しようとする人びとの流れを差し止めることは不可能だ。だが壁がいったん破壊されれば、新たな場所に壁が作られることもありうる。

壁は文字通り移動するのである。

壁によって作られるこちら側とあちら側の境界線は多分に恣意的であり、常にせめぎ合う力の衝突現場を指し示すが、衝突が起こるところには必然的に人の相互作用（interaction）が発生する。さらに、境界線は一度越えたら問題が解決するという性質のものではない。越えた壁の向こう側に新たな壁が存在・発生する。こちら側に戻ったり、境界域上に留まったり、壁のある場所では絶えず力がぶつかりあい、排除と包摂、拒否と交渉のダイナミズムが変化の誕生を促すのである。

トリンが繰り返し強調する「境界的出来事（boundary event）」という概念は、「境界」という空間表象が「出来事」という時間表象と複雑に関係して発生することを示している。すなわち、ある出来事が出来することによって外的・内的空間に境界的な変化が生じるのである。「境界的出来事」は遭遇者にどのように作用し、未知の物語を語らせるいかなる言葉を提供するのだろうか。

世界を分節化する言語は、排除と包摂を性質とする。それはなんと壁の性質と似通っていることか。言語は閉じたシステムであると同時に、開かれたものでもある。日本で国語といわれる日本語は、日本国民以外に使用を禁ずるものではない。使用する人によって言葉の意味は揺れ動き、そこに思いがけない差異の空間が生じる可能性を秘めている。言語も構築物である以上絶対不変ではない。排除と包摂を繰り返しながら意味が変容する言語は、先述の境界線の場合と同様、変化と創造の瞬間を露呈する。

人は第一言語を母語と呼び、乳児に言葉を授ける〈母〉との関連で本質化して語ることが多い。わたしが発する言語のなかに無意識に〈母〉の記憶が刷り込まれている。〈母〉から自立しようとするわたしは、わたしの言葉を模索するが、意識と意識の間に亡霊のように他者の言葉が存在することに気づき慄然とする。内なる他者との不気味な遭遇の反応として、物語が編みあげられるといえよう。わたしが他者と出会う場所は、創作の現場となるのである。

本書では、越境体験をした三人の日本出身女性作家の作品を扱う。「越境文学」という言葉を新聞や一般文芸誌で目にするようになって久しい。だが一口に越境と言っても、国家、共同体、民族、人種、言語、ジェンダー、宗教、さらにそれらの混合体など、物理的・心理的空間の双方においてさまざまな状況からの越境が想定される。越境という言葉がこれだけ一般に膾炙《かいしゃ》するようになった背景には、近代以前には難しかった人の可動性の増大があることは間違いない。越境についての語りは、境界線に対する人々の関心の所在を示唆するのである。その際問題になるのが、誰が境界を設定するのか、そして誰がどのように越境する／できるのか、ということである。首尾よく越境を果たした先には、いったいどのような「境界的出来事」が待ち受けているのだろうか。

視点を変えれば、越境は文学研究で扱う対象でも起こりうる。作品をさまざまな表現が織りあわされたテクストとみなせば、狭義の文字芸術に限らず、絵画や映像、写真などの表象も広義の文学作品として扱うことが可能となる。実際、単一の表現形態にとどまることなく、メディア横断的に活動する作家も数多い。

そこで本書は、日米間の越境体験を創作の契機とした複数の日本出身の女性作家による小説および写真集を分析対象とし、それぞれのテクスト上に看取される言語と人種、ジェンダーの相互作用に注目して考察を進めたい。各々の女性が越境体験を経ていかなるテクストを産出したか、その表現形のダイナミズムを考察してみたい。

研究対象選出の理由

本書は対象として水村美苗（一九五一年生）、石内都（一九四七年生）、山田詠美（一九五九年生）のテクストを中心に論を展開する。三者を選出するにあたって、生誕年およびテクスト内時間が同じ世代に属していることを留意点の一つとした。日本もアメリカも歴史上の存在（entity）であり、常に変化しつづけるものである。表現者に与えた歴史的影響を考慮するためには、共時的に比較することが有意義であると考える。三人の初期の作品に注目し、それぞれの言葉の獲得にアメリカがどう関与しているかを分析する。初期作品に着目するのは、文体や結構の巧拙に関わりなく、作家のもっとも切実で鮮烈なテーマと表現形式がそこに看取されると考えるからである。

主たる分析テクストは、水村美苗『私小説 from left to right』（小説、一九九五年発表）、石内都『絶唱、横須賀ストーリー』（写真集、一九七九年発表、撮影期間一九七六年〜一九七七年）、『YOKOSUKA

AGAIN 1980-1990』（写真集、一九九八年発表、撮影期間一九八〇年～一九九〇年）、『CLUB & COURTS YOKOSUKA YOKOHAMA』（写真集二〇〇七年発表、撮影期間一九八八年～一九九〇年）、山田詠美『ベッドタイムアイズ』（小説、一九八五年発表）である。

対象を日米関係に限定する理由は、第一に筆者である私自身の問題意識と関係する。研究するうえで、石内の言葉を借りれば「個的」なことを重視した。私はアメリカの〈占領地〉である神奈川県横須賀市出身で、父の仕事の関係で小学校時代の一年間をブラジルのアメリカン・スクールで過ごした。長じてからは通算約一六年をアメリカで生活した。そのため前述のテクストとほぼ同時代の日米生活を経験しており、当事者の視点からテクストを検証しやすい。

第二に、より巨視的な理由として、近代以降国家としての日本が日々もっとも強く影響を受けてきた相手がアメリカだということが挙げられる。太平洋を国と国とを結ぶ回路とみなせば、日本とアメリカは隣国同士の力学関係にある。幕末の開国以来、日米関係には常に武力が介在し、現在に至るまでアメリカは日本に対して政治、経済、学術、文化等々の面で他国を圧する影響力を行使している。加えて日本とアメリカの関係において重要な契機となったのが太平洋戦争である。表面的には男性性を顕著に誇示するとも見られるアメリカと対峙したときに、日本人、ことに女性はどのような言葉で遭遇の体験を表現するだろうか。

研究対象の三人以外にも、アメリカの影響が契機となって作家デビューを果たした日本出身の女性たちが存在する。なかでも大庭みな子（一九三〇〜二〇〇七年）と米谷ふみ子（一九三〇年〜）は先行研究も豊富である。今回この二人を主たる研究対象に選ばなかったのは、アメリカとの戦争を直接的に体験していない世代の作家に注目したかったからである。戦後生まれで高度経済成長期に思春期を迎えた前記三人の女性作家たちは、一見なんのためらいもなくアメリカとの関係を取り結んでいるように思われる。だが彼女らとアメリカとの間には、常にすでに敗戦国民としての〈母〉の記憶が介入する日本語という言語が存在する点に着目したい。娘である彼女らがアメリカと一対一で対峙するとき、〈母〉の言語はどのような幻影もしくは葛藤を提供し、それとどう折り合いをつけて作品が創出されたのか。〈母〉の言語という壁を乗り越え、あるいはそれに守られて、作品が編まれた軌跡を本書で検証する。

境界、言語とともに、いま一つ恣意的に構築された概念に「人種」が存在する。アジア系アメリカ文学者の吉田美津は『「場所」のアジア系アメリカ文学——太平洋を往還する想像力』において、日本人・日系人・アジア人がアメリカ社会で人種境界のバッファー、すなわち緩衝材として作用していることに言及している。吉田いわく、アジア系の存在はアメリカ社会において人種という概念が「白人」対「黒人」の二項対立構造の「間に位置する者として」その矛盾を露呈する働きをしていると論及するのである。[4]本書の研究対象であるテクストにおいて、人種の緩衝材としての日本女性がどのようにその機能を果たし、それがどう表出されているかを検証したい。

本書で研究対象としたテクストは、東西の壁が崩れてアメリカ的価値観の一極集中が成し遂げられたかのように感じられた一九八〇年代から九〇年代半ばに編みあげられた。この時期は、日本においても昭和から平成に移りゆく時代の変遷期であった。歴史上の画期となった壁の崩壊が、現在まで続く大量の移民を生んだともいえる状況で、まさにその期に発表された作品を研究の俎上に載せることは、これからの日米関係ならびに国際情勢を展望するうえでの参照軸になりうると考えられるため、たいへん意義のあることだと思っている。

本書で取りあげる三人の作家をジェンダー批評の分野において重要な問題系の一つである母娘関係という角度から包括的に比較検証した先行研究は管見では存在していない。個々のテクストに関する先行研究に関しては各章内で述べることとする。本書自体が境界横断の新しい試みとなることを目指している。各章の狙いと意図を以下に述べる。

第一章では水村美苗の自伝的小説『私小説 from left to right』を取りあげ、テクストにおける主人公兼語り手である美苗の主体性のありかたに着目し、書記言語としての日本語の視覚表象が美苗の主体性構築にいかに関与するかを論じる。美苗の日本語の書記言語偏愛は、美苗の人種的劣等感と表裏をなしている。〈母語〉である日本語と学習言語である英語との間の力学的非対称性に激しい葛藤を覚えつつ、語りの言葉を模索する主人公の主体性構築の過程を、越境にともない変化する母娘の関係を交えて検証する。なお本書では母娘関係に着目するため、あえて「第一言語」の代わりに「母語」という言葉を使用する。

日本の文芸作品としては珍しく横書きで書かれた『私小説 from left to right』は、日本語・英語・若干のフランス語を混交した特異な文体が反響を呼んだ。このことに関してはさまざまな研究が発表されているが、語り手の抱く人種的劣等感を日本語の文字表記ならびに日本語の〈女ことば〉に結びつけて論じる研究は発表されていない。また『私小説 from left to right』の母娘関係の変容を、アメリカの作用を基軸として論じた研究も管見では見当たらない。本書は主人公が多用する「屈辱」という語をキーワードとしてその内実に迫り、近代以降の日米関係と日本語・英語の力学的非対称性を母娘関係と人種の観点から考察する。

第二章では写真家石内都の初期作品を分析する。石内の作品を水村美苗、山田詠美らの文学作品と同じ俎上に載せて分析することは従来にない試みと考える。客体を常に必要とする写真という視覚芸術において、石内が対象の身体をどのように表現しているかを検証する本章では、石内の初期作品に顕著な性的身体の欠如から、その後一気に身体を前景化した作品へと転向する契機に、横須賀におけるアメリカの存在があることを論証する。日本の内部にありながらアメリカとの国境を有する特殊なトポスである神奈川県横須賀市を舞台とした石内都のデビュー写真集『絶唱、横須賀ストーリー』と『YOKOSUKA AGAIN 1980-1990』、『CLUB & COURTS YOKOSUKA YOKOHAMA』を分析対象の中心に据えることで、軍事基地の存在が横須賀に強いる過剰な身体性と、その反動としての石内作品における身体性操作のありかたを解き明かしていきたい。写真を撮る行為を通じて「横須賀」と「母」から受けた傷と向き合い、選択の余地なく付与された自分のなかの女性性と深く切り結ぼうとする石内の側面に光を当てることで、本書は「横須賀」と「母」を結ぶ一本の線上にアメリカが存在することを指摘する。そして両者から受けた傷を写真行為で定着させることによって石内がいかに傷を克服し、自ら女性として生まれ変わっていくかというプロセスを、日本の敗戦と関連づけて考察するのが狙いである。言い換えれば、石内の「個的」な記憶を織りあげた「横須賀」シリーズが「母」という結節点を得て、現在まで続く「ひろしま」シリーズの普遍性につながるところに、敗者が敗者のまま生き延びる可能性を見出そうとする試みを本書で展開したい。

第三章では、山田詠美のデビュー作『ベッドタイムアイズ』における主人公兼語り手キムの母親探しと母との決別、その結果としての言葉の獲得過程を検証し、キムの言葉を通して明らかになる日本人の劣等感の本質について考察する。

『ベッドタイムアイズ』は過激な性愛表現が頻出し、発表当初からその面に特化して注目を集めることが多かった。本章の前半では従来の視点とは異なり、キムの恋人である元アメリカ海軍横須賀基地所属の黒人兵スプーンをキムの母なる存在と同定し、キムが母としてのスプーンとの出会いを契機に、主体性構築のための言葉を得るという見解を提示する。章の前半では主としてフロイト／ラカンの批評理論を援用するが、それは肉体性に注目が集まりがちな『ベッドタイムアイズ』のテクストに、じつは強い論理指向が働いていることを論証するためである。

章の後半では、前半で明らかになった問題を掘り下げ、『ベッドタイムアイズ』の政治性を検証する。『ベッドタイムアイズ』はラブストーリーの体裁を取ってはいるものの、実際にはアメリカに向けた日本側からの一方的な偏愛がテクストに色濃く示されている。テクストが発する人種観を、ジェイムズ・ボールドウィンの『もう一つの国』と日本の少女漫画の影響を考慮しながら読み解き、近代以降の日本人の心性と日本語の特性、そして日本の敗戦というファクターによって考察する。

日本女性がアメリカという触媒と出会った際にどのような反応を示し、それがテクスト上にどう表出されるかを母娘関係を基軸に考察したが、終章ではそれぞれのテクストを章の枠を超えて結びあわせ、そこから浮上するであろう言説を捉える。

本書で検証したテクストでは共通して劣等感、屈辱、恥などのきわめて感情的な語が用いられている。それらが浮かび上がらせるのは、日本人の人種的劣等感と敗戦という事実の重大さと思われる。アメリカとの戦争を体験した母たちと、戦争の影を感じて育った娘たちが、対戦国アメリカにどのようなまなざしを向けたかをあらためて考えることで、最後に本書の結びとして、日本が今後国際社会で生き延びていくために有効なアプローチを、石内都の作品創出の方法から探ってゆきたい。娘たちの能動的で多分に意思をもった視線を強調するため、本書のタイトルにはあえて「まなざし」の動詞形としての「まなざす」を使用したことを断っておく。

【註】

（1）トリン・T・ミンハ『ここのなかの何処かへ——移住・難民・境界的出来事』小林富久子訳、平凡社、二〇一四年

（2）W・E・B・デュボイス『黒人のたましい』木島始、鮫島重俊、黄寅秀訳、岩波書店、一九九二年、六一頁

（3）小林富久子「あとがき」トリン・T・ミンハ前掲書二四四頁

（4）吉田美津『「場所」のアジア系アメリカ文学——太平洋を往還する想像力』晃洋書房、二〇一七年、五三頁

第一章

視覚からの逃避と視覚への逃避

――水村美苗『私小説 from left to right』における美苗の主体性構築

人の持ついちばん危険な武器は視線ではないだろうか。

（石内都『モノクローム』）

はじめに

本章では水村美苗の自伝的小説『私小説 from left to right』(一九九五年。以下『私小説』と略記する)を取りあげ、テクストにおける主人公兼語り手である美苗の主体性構築が書記言語としての日本語の視覚表象といかに大きく関与しているかを論じる。

『私小説』は一九九二年から一九九四年まで柄谷行人、浅田彰らが主宰する『批評空間』誌上に連載され、一九九五年に新潮社から単行本として、また二〇〇九年には加筆修正を施され筑摩書房から刊行された。一九九五年には野間文芸新人賞を受賞している。本書では二〇〇九年のちくま文庫版を底本とする。

『私小説』への批判と分析

『私小説』は発表当初日本の文芸作品としては珍しい横書きで、日本語・英語・若干のフランス語を混交した大胆な文体が大きな反響を呼んだ。一九九五年に野間文芸新人賞を受賞するも、選評ではこの特異な文体に批判が集中した。評者の秋山駿は「読むのに難渋した」と苦言を呈し、「これでは小説のよい文章にならぬ」と切り捨て、高橋英夫は「英文を大量に混用した作品を（略）賞の選考者の立場で許容することはできなかった」と批判。また自身も英語に堪能な富岡多恵子でさえも、「日本の「私小説」を書くというのなら、水平に並べる文字を垂直にする苦痛および苦悩との直面から始まるのではないだろうか」と苦言を述べている。その一方で黒井千次、柄谷行人、三浦雅士はこの作品における横書き・複数言語混交文体の必然性に一定の理解を示したうえで、作品の主題が美苗を通して明らかにされる「この半世紀の日米関係の変化、世界の変化」（三浦）にあることを指摘している(1)。

小森陽一は『私小説』に多用される英語部分が他のどの言語にも翻訳可能なのに対して唯一英語のみには翻訳できないという水村の戦略に注目し、『私小説』が試みたのは英語の覇権に対する抵抗であり、同テクストが「敗戦後から冷戦期における、（略）［日米関係］それ自体への批評性」を獲得していると、前述の黒井、柄谷、三浦の説と同列上で論じている(2)。さらに小森の論を一歩進めて、河野至恩は英語覇権の時代にあえてローカル言語としての日本語を主体とした複数言語小説を日本文学として発表したことの意義を論じている(3)。

多言語混交文体が日本の女性作家に特有の「語りにくさ」を顕現していると論じる飯田祐子は、『私小説』の文体を評して「何にも同一化し得ない場所で生きる者として、共感することとされることに徹底して抵抗し、容易に読まれることを拒否している」とし、テクストには「日本人」と「アメリカ人」

の「どちらの読者に向けても、共感されることへの抵抗が示されている」と述べている。[4]しかし私見では『私小説』の文体は「語りにくさ」の表明や「共感されることへの抵抗」という一義的な解釈では説明しきれず、むしろ共感を渇望しつつも安直に理解されることを拒む宙づり状態に陥ったアメリカ在住日本人女性の複雑な心情と、それでもなお物語を書かずには精神の均衡を保つことができない〈書く女〉の姿が立ち上ってくるように思える。美苗を代表とするアメリカ在住日本人の視点は、これまでの先行研究に決定的に欠けている要素であり、この点を本書では追及したい。

本章は主人公が多用する「屈辱」という語を鍵としてその内実に迫り、近代以降の日米関係と日本語・英語の力学的非対称性に、ジェンダー批評の視点から切り込みを入れることを目指している。

『私小説』のあらすじ

まず物語のあらすじを簡単に述べておこう。『私小説』の主人公兼語り手・美苗は、一二歳のとき海外転勤を命じられた父親にともない、母親と二歳年上の姉・奈苗とともに両親の憧れの国アメリカに移り住む。時代設定は著者水村の滞米体験と同じく、一九六〇年代中頃から一九八〇年代にかけての二〇年間という設定になっている。[5]美苗の両親は二人の職場であった占領軍の施設で出会った。日本では西洋風の生活をしていた美苗だが、富裕層が居住するニューヨークの住宅地に移り住んではじめて人種的劣等感に直面する。それは英語の発話能力と密接に関係してもたらされた屈辱的な感情であり、以後美苗は徐々に英語から逃避し母語である日本語の書記言語の世界に閉じこもってゆくのである。

二〇年にわたるアメリカ生活の間に家族の紐帯はほどけてバラバラになる。父親は糖尿病の悪化と認知症の発症により寝たきりになり、母親は入院生活をおくる夫を見捨て、若い日本人男性とともにシンガポールに出奔する。姉の奈苗は売れない彫刻家としてニューヨークのソーホーでその日暮らしの身となる。主人公で末娘の美苗は、東部にある名門大学の博士課程でフランス文学を専攻しているが、口述試験を先延ばしにする万年大学院生で、古アパートの一室に引きこもっている。美苗が最終的に口述試験を受けたのち、日本に帰国し日本語で小説を書くことを決意するところで物語は幕を閉じる。

第一節　『私小説 from left to right』における視覚の問題

『私小説』の中心テーマとしては、美苗が抱く白人に対する劣等感と、美苗自身に内面化された白人への屈折した憧れが考えられる。いくら英語が堪能であってもそれを「正統的に継承することができない」[6]という美苗の考えは、自分がアメリカ社会に同化できない東洋人であるとの思いに起因するのだが、それは音声言語が必然的に話者を可視化するためと考えられる。すなわち、努力していかに英語が堪能になろうとも肌の色を白く変えることはできず、東洋人であるかぎりは白人と同等の扱いを得られないという屈辱的な認識に美苗自身が強くとらわれているのである。美苗は日本語の書記言語の陰に隠れることによって白人の視線から逃れ、アメリカ社会に強要された「劣等人種」のカテゴリーから解放されようとするのだ。美苗が抱く白人への強迫観念はいかにして生まれたのか。

アメリカ生活で常に立ち位置の確認を余儀なくされる美苗は、白人に対しては劣等感を抱きながらも、アジア人や黒人に対しては同一視されたくないという二律背反的な心性を有している。美苗は通っている高校の黒人美術教師から同じ有色人種として括られることに強い反発を感じている。また日本以外の東アジア出身者に対しては、外見では日本人と区別がつかないという事実に許しがたい気持ちさえ抱いている。その根源には、美苗が母親を通じて幼い頃から内面化している白人への憧れと、白人への同一化願望、また逆に白人至上イデオロギーによって一方的に有色人種としてカテゴライズされることへの反発という多層的な心の動きを認めることができる。美苗は視覚によって価値判断されることへの強迫観念にとらわれ、そこからの逃避を図るのだが、その逃避先を日本語の文字という視覚表象に求めるのだ。一見矛盾した心理の背景には、人から強制される価値観に抵抗し、目に見えない世界を自分自身の価値判断によって具現化し主体性を構築しようとする美苗の切実な試みがあると思われる。その際美苗が依拠するのが書記言語としての日本語なのである。はたして書記言語としての日本語は宙吊り状態に苦悩する美苗に解放をもたらすだろうか。美苗に白人への同一化願望をもたせる一因に、母からの影響のみならず美苗の母語である日本語の作用があったとしたらどうだろうか。その点を追求していきたい。

写真が語ること

『私小説』ではテクスト全編にわたって〈白人のアメリカ〉の豊かさとそれ以外の貧弱さが視覚的に

強調されており、前者は白い光を放つもの、後者は黒い影を落とすものとして描出されている。それを可視化するのがテクストに挿入された数々の写真である。

『私小説』に挿入された堀口豊太によるモノクロ写真は、アメリカ東部の整然とした街並みを力強いコントラストで再現している。まばゆい光が燦々と降りそそぎ、仰ぎ見るように写された堅牢な建物は、その高さが強調されている。数多の本を収蔵した図書館、屹立する塔がそびえる荘厳な大学キャンパスは、見る人を圧倒する知と権威、ゆるぎない秩序を象徴している（【写真1】）。

そのようななか、突如として挿入された中華街の二枚の写真が読者の目を戸惑わせる。一枚は、大きさも産地もまちまちな商品が所狭しと並べられた土産物屋のショーウィンドウを撮ったもので、東アジア各国から寄せ集められた神像や人形は、観光客の目にはどの国由来のものだか判別がつかない（【写真2】）。古びて埃臭さが漂うショーウィンドウの内部では、雑多な東洋がいっしょくたに陳列されている。もう一枚は、青菜が並べられた八百屋の店先だ（【写真3】）。模造紙に手書きの漢字が躍る。売り物の野菜は段ボールの空箱で急ごしらえした陳列棚にこまごまと並べられ、脇には昔ながらの吊り秤が備えられている。撮影者の目線と同じ高さで撮られたこれら二枚の写真は、複数の言語が入りまじり混沌とした異質さを放ちながらも、どこか懐かしい風情を漂わせている。美苗はアメリカの東洋人に親しみと恥ずかしさの入りまじった近親憎悪のような思いを抱いているが、この二枚の写真がそれをよく物語っているように思われる。

©Toyota Horiguchi

【写真 1】 大学の Campus

©Toyota Horiguchi

【写真 2】 Chinatown の土産物屋

©Toyota Horiguchi

【写真 3】 Chinatown の八百屋

©Toyota Horiguchi

【写真 4】 ハイウェイから見える精神病院

もう一つ注目したいのは、ちくま文庫版で新たに挿入された「ハイウェイから見える精神病院」というキャプションの付いた写真である[7]（【写真4】）。それまでのコントラストのはっきりとした写真の数々とは対照的に、この写真だけピントがぼやけており、全ての光を吸収してしまうような黒く薄気味悪い建物が印象的である。階調のはっきりしないこの写真は、美苗の孤独で追い詰められた精神状態を表わしているといえるが、別の見方をすれば、白黒の二項対立では捉えられないグラデーションの世界の存在を表わしたものとも考えられる。確たる輪郭が与えられず周りとの区別が曖昧な精神病院の写真は、ぼんやりと靄に包まれ、美苗を優しく抱擁するアジールのようにも見える。

言語と主体性

美苗の主体性は音声言語、書記言語にかかわらず英語では構築できない。作文（書記言語）に関しては中学校の優秀クラスへの参加を許された美苗ではあるが、英語を話さざるを得ない状況をなんとか回避しようとするのは、英語の発話能力のみで知能をはかられる屈辱から逃れるためである。その美苗が逆に日本人アクセントの強い「殿」の英語を馬鹿にして嗤うのが皮肉である。美苗自身がアメリカ社会の価値観を強固に内面化し、常に自分の立ち位置を他人との序列化によって把握せずにはいられないのである。この点は山田詠美のテクストにも共通する特徴であるので、第三章であらためて論じたい。

美苗は、中学校では皆から「のけ者」（水村（a）一九六頁）扱いにされているような学習障害をもつ友人しかできない。彼女らは白人で英語を母語とするものの、言語能力がとくに低く描かれている。そのうちの一人であるリンダは、ことあるごとに“Hey Minae, do you think I'm pretty? Do you think I'm sexy? Do you think I'm too fat? Do you think I'm crazy?”（「ねぇ、ミナエ、あたしってカワイイ？　あたしのこと、セクシーだと思う？　太り過ぎだと思う？　頭がおかしいって思う？」）[8]（同頁）と美苗に尋ね、執拗に自分の外見を気にしている。リンダは存在しない弟を溺死させたなどと異常な言動をとるようになり、精神病院に収監されてしまう。もう一人の友人ソフィーは、「チビでデブでビッコ」のうえ、「みみずくのような顔」（二〇二頁）をしており、すでに一五歳になるというのに部屋は幼児用の玩具であふれている（二〇五頁）。美苗にはソフィーの醜さが「生まれつきの頭の悪さの象徴」（二〇三頁）に見えてしまう。「言語を操る能力で過酷に階層化される」アメリカ社会において、このような友達しかもつことができない美苗は、社会から「低能」の烙印を押されたと感じ、「格の低い人格」（一九五頁）となり果てた自分の姿を恥じるのである。

このように、『私小説』では英語の発話能力と外見の美醜が相関するものとされているのだが、二人の友人の名前をそれぞれが持ち合わせていない「美（Linda）」と「英知（Sophie）」としたところに著者の痛烈なアイロニーが感じられる。

英語に対する美苗のコンプレックスは言語能力が向上したのちも尾を引き、高校卒業後は「英語から逃れるため」（一六二〜六三頁）だけに美術学校への進学を決め絵画を専攻する。しかしこれにも途中で見切りをつけてしまう。

美苗は英語が上達してもアメリカ社会には同化できない「隔たり」（一一七頁）があることを感じている。美苗の分身ともいえる姉の奈苗が、美苗とは対照的に「べらんめえ」英語を乱用するのは、「タフな女という役柄を演じ」（二六頁）、アメリカに適応しようとするための戦略といえるだろう。しかし美苗には奈苗の努力が報われるようには思えない。なぜなら英語がいくら流暢になっても、東洋人という人種までは変えられないからである。奈苗の周りには常に淋しくみじめな黒い影が漂っているように示されている。大学進学後にみるみる英語が上達した奈苗は「言葉が人間を創ってしまう」（三八三頁）とあるように、厚化粧をしてひんぱんに煙草を吸い、国籍不明の派手な服装を好み、母親から「色情狂」（一二四頁）と言われるほど何人もの男と付き合うようになる。英語の発話能力の上達につれて奈苗の外見や行動までが変わっていくが、それでも奈苗は幸せそうには見えず、美苗相手に辛い辛いとこぼすのである。奈苗や美苗の母親の事例も含め、アメリカとの接触により日本人女性が過剰に性化（sexualize）されることに関しては章の後半で論じたい。

聴覚の作用

『私小説』は美苗の英文による日記の記述で始まるが、印象的なのは物語ではじめて使われた日本語が「聞こえるわ、聞こえるわ」（水村（a）五頁）という美苗のつぶやきだということである。何が聞こえてくるかというと、日本のものとはまるで別様に響く緊急車両のサイレンである。[9] この「骨に凍みる凶まがしい音」（六頁）は、あたかも異質な言語としての英語が美苗に警笛を鳴らして近づいてくるように受け取れる。美苗は日本のそれとはまったく異なるこの無機質な警告音に威嚇されたような感を抱き、アパートの部屋に閉じこもってパソコンに日記の文字を打ちつけるのである。本章では視覚の問題を中心に論を進めるが、聴覚の問題にもテクスト内で重要な意味が認められる。とくに電話が果たす役割に注目したい。具体的には、奈苗との電話での会話が美苗の意思決定に与える効果や、頻繁にかかってくる孤独な老婆からの間違い電話、大学の事務員との会話が美苗にもたらす作用である。一本の電話線を通して伝わる生の声は、美苗に唯一社会とつながる機会を与え、現状を打破する契機となるのだ。また物語の最終場面で美苗に小説を書くことを決意させるのが、「山姥たちが蓬髪をたなびかせ、裸足で山を駆け降りる音」（四六〇頁）であることも見逃せない。

日本語による主体性の構築

学校では「うすのろ教室」[10]（水村（a）三三九頁）の一員である美苗だが、帰宅すれば日本の文学全集を読み漁る知的な少女に変身する。美苗は「精神が日本語の世界に救いを求めており」（一二九頁）、「漢字が私の精神の一部であり、また私自身が漢字の精神の一部でもあるのを発見」（三三七頁）する。

異質な文化をにない、実際漢字を書きひらがなを書けば、私は知恵遅れの劣等人種というささかみじめな存在から、他の言葉には置き換えられぬ世界を知った輝かしい存在へと転瞬のうちに変身するのであった。（水村（a）三三八頁）

「輝かしい存在」に「変身」するという視覚表現が使われているように、日本語の漢字やひらがなを読み書くという行為が、美苗を別人に変身させる呪術として作用する。

ここであらためて文章を書くことによる美苗の主体性構築について考えたい。日本で子どもの頃からバレエやピアノの習い事をしてきた美苗だが、アメリカで人種の問題に直面してからはどちらもやめてしまう。バレエとピアノは演者の姿が観客にはっきり映る西洋由来の芸術である。テクストでピエール・ロティ[11]に言及していることからわかるように、美苗は日本人として、西洋のみっともない模倣者扱いされることに耐えられないのではないだろうか。他方、作者の姿を晒すことなく作品の真価で評価される芸術、すなわち文筆に美苗は自己実現の可能性を託したのではないか。またピアノやバレエ、そして美苗が途中でやめてしまった油絵は、西洋由来の芸術である。美苗は西洋至上的な意味で普遍的な心情に訴えかける芸術ではなく、あえて日本語という固有な言語を使用する創作芸術を選択することによって、西洋至上的な普遍性に抗う姿勢を表明していると考えられよう[12]。

第二節　『私小説』の言語表記

ここからは『私小説』のテクストを言語表記の面から検証したい。『私小説』は英語、若干のフランス語、日本語の三言語から構成されている。発表当時『私小説』の複数言語混交文体がセンセーショナルに取り扱われたことは先述の通りである。テクストに複数の言語が混交していることがなにゆえこれほどの話題を誘ったのか。そもそも『私小説』の文体はそれほど特殊であろうか。この文体に違和感をもたない多数のバイリンガル読者の存在が日本ではまったく無視されていることに、日本における日本文学研究の単一言語主義を感じざるを得ない。この点を飯田祐子が提示する「被読性」と「応答性」（飯田 一〇～一一頁）の概念に絡めて考えてみたい。

日本文学の単一言語主義

飯田の唱える「被読性」と「応答性」の概念を簡単に説明しておこう。小説の書き手は「つねにすでに読まれることに曝されて」おり、その「被読性」を考慮しさまざまな力学との交渉のうえでテクストを創出せねばならない（飯田 一一頁）。このとき書き手に加わる社会的圧力は、書き手がマイノリティであればあるほど強くなることが想定される。したがって、書きたいことを自由に書けない「語りにくさ」が生じるのであるが、それは言い換えれば「被読性」に曝された書き手から想定読者に向けた「応答性」のあらわれにほかならない。飯田は書き手の「語りにくさ」に着目し「被読性」と「応答性」という概念を導入することによって、表現主体を構築することの困難さに焦点を合わせた問題設定を提議するのである。そこでは書き手が他者としての読者と十全たる関係を切り結べるか否かが「被読性」と「応答性」という位相によって問われている。この位相のもと、飯田は『私小説』を以下のように分析する。いわく『私小説』は「日本語と英語で書かれた、日本語でも英語でも読まれにくい小説」であり、そこには書き手が想定読者に対して抱く「読まれることに対する抵抗」（一〇五頁）が看取できるのだが、それは二〇年間のアメリカ生活を経てアメリカにも日本にも帰属する場を見つけられない美苗・奈苗姉妹のアイデンティティのありかたに関与する。飯田によれば『私小説』のテクストは「誰の体験とも重ならない体験。何にも同一化し得ない場所で生きる者として、共感することとされることに徹底して抵抗し、容易に読まれることを拒否」（一〇七頁）するものである。飯田は「具体的に類型化されるどのような読者も、言葉の受け取り手として、十全な存在にはなり得なくなっている」（同頁）と、『私小説』の読みにくさ、読まれにくさを論じたうえで、『私小説』は「聞き手を失っていく時間を生きた語り手が、聞き手を求めていく小説」（一〇九頁）であると分析している。

たしかに『私小説』は「聞き手」の理解と共感を求める美苗の悲痛な訴えで充満している。[13] だが先にも述べたように、これまでの研究に欠如しているのは『私小説』をまさに自分のこととして生きる数々のアメリカ在住日本人の存在ではなかろうか。そのなかには美苗のように親の海外赴任で移動した子どもたちもいれば、自らの意志でアメリカに移住した「新一世」と呼ばれる移民や、日本に帰るあてのない留学生も含まれるだろう。これらの読者にとって美苗の訴えはおそらく自分のこととして響き、彼女らは「言葉の受け取り手として、十全な存在」であると考えられるのである。

「新一世」とは一九八〇年代以降にアメリカに移住した日本人のことで、主に若い日本人女性である。ロサンゼルスを拠点に日系移民を研究するトリシア・トヨタによれば、一九八〇年以前の戦後の日系一世たちはそのほとんどがアメリカ兵と結婚した「戦争花嫁」であったが、一九八〇年から二〇一〇年までの日本人移民は、六七パーセントが三〇歳以下の独身女性で占められている。主として経済的要因で日本からアメリカに移動した女性たちは、以下の五つの特徴をもつ。（一）日本の都市部出身の三〇歳未満の独身女性であること。（二）中産階級、もしくは中産階級のなかでも低所得層の出身者が多いこと。（三）大卒であってもエリート校出身者ではないこと。（四）正規雇用者でなく、日本で安定した職に就いていないこと。(五)日米両国に対して帰属意識をもたず/もてず、アメリカ市民権取得にも無関心であること。

このように、日本での職の不安定さが若い独身女性をアメリカに向かわせる最大要因になっているのだが、就労ビザの関係もあり、「新一世」はアメリカにおいても福利厚生に恵まれた仕事に就くことは難しく、社会のセーフティネットから漏れていることが問題とされている。[14]アメリカと日本のどちらにも居場所を見つけることが困難な美苗の苦悩は、決して「誰の体験とも重ならない体験」などではない。トヨタの研究は二〇一〇年までの状況に焦点を合わせているが、最近では高学歴の日本出身女性が日本では活躍の場が得られないため、アメリカ留学後にそのまま現地で就職する例も増えていると聞く。

加えてこれらの人々にとって『私小説』の多言語混交文体は「日本語でも英語でも読まれにくい小説」というよりもむしろ日常的な言語生活モードの再現と見られるべきなのだ。使用される英語には高度な学術用語はまったく含まれず、Fワード(罵り言葉)も頻出しない、いたって普通の姉妹の会話だ。もし『私小説』に「読まれることに対する抵抗」があるとすれば、おそらく宙づり状態で身動きが取れない苦悩を、困難なく読まれ安易に理解したつもりにされてたまるか、という心的状態の発露であろう。世界には二次的に英語を習得した者が英語母語話者よりもはるかに多く存在するため、特殊な日本的事情を差し引いても、[15]美苗に共感する読者の方が多いはずだ。他者の声に耳を傾け、他者の経験に想像力を働かせることの必要性を説きながら、『私小説』をいまだに特殊な例として扱おうとする日本文学者の単一言語主義は、これまでの日本における日本文学研究の限界を指し示すものであろう。[16]

多言語混交文体の意味するところ

以上を踏まえたうえで『私小説』を言語表記の面から検証したい。『私小説』を言語学的知見から分析する青柳悦子は、『私小説』の特異性は多言語の混交というよりも、レベルの異なる言語、すなわち日常言語、書記言語、文学言語、内面言語が入り混じっているところにあると論じている。[17]また高木徹は、『私小説』での日本語と英語の混在は「アメリカでの「私」の言語生活が日本語と英語の両方から成り立っており、どちらも欠かすことのできないものであるからだろう[18]」と言及しているが、これも的を射た指摘といえるだろう。多言語混交文体は複数言語が使用される多民族国家に暮らす人間にとってはごく日常的な営為である。

先にも触れたように、水村は『私小説』の多言語混交文体について、他のどんな言語にも翻訳できるが英語にだけは翻訳できないように腐心したと述べ、『私小説』の英語への翻訳不可能性を強く意識する発言をしている。「困難でも原文で読んでみたいと人に思わせる[19]」小説の創出を水村は目指したという。

これについては疑義を抱く人もあるだろう。物語冒頭の英文による日記の記述も、日本の読者を意識して奇をてらったとか、心内語的な日記部分が翻訳されることを回避したというよりも、案外素直に一九八〇年代当時水村が米国で使用していたコンピューターでは日本語表記が出来なかったという理由によると捉えた方がいいのではないか。[20]

しかし二〇二一年に刊行されたジュリエット・W・カーペンターと水村の共同作業による『私小説』の英訳 *An I-Novel*（Columbia University Press）を読むと、水村の発言どおり『私小説』の英語部分を英語に翻訳することは不可能だということがわかる。原文の英語部分は、英訳版ではフォントを変えたり太字にしたりと工夫して差異化をはかってはいるのだが、文字表記を変えても文中に多用される英語を「英語に翻訳」することは無理だということが実感できる。

英訳版で最も目立った変更は、日本の官公庁や一流企業からアメリカに送り込まれてくる大学院留学生の「おめでたさ」を、日系人の Makoto と Mari の口を借りて辛辣に批判している部分が削除されていることだ。この部分は、作品の主題である日本人の「選択された無知」（selective ignorance）に深く関わる箇所である。それが英訳では消えてしまっている。ということは、英訳を読むだけでは、原文の主題がぼやけてしまうのである。

原文と英訳を照らし合わせてわかるのは、英語のみを理解する読者には、『私小説』の痛烈な社会批評が永久にわかり得ないということだ。水村が意図した英語への復讐とでもいうべき『私小説』の英訳不可能性の証明が、小説の英訳によって実際に完遂されたといえよう。

文体の効果

ここでは『私小説』の文体の違いによりもたらされる効果について言及したい。既述の通り『私小説』では地の文に横書きが使われているが、一部縦書きと横書きが併用された個所もある。またフォントも場面に応じて使い分けがされている。そのほか口語文、擬古文、旧仮名遣い、写真の挿入、芥川龍之介や樋口一葉のテクストからの引用など、技巧をちりばめ、醸しだす雰囲気や意味に変化をもたせている。[21] 左にそれぞれを簡単に分析する。

1 形態

擬古文使用箇所（水村（a）三二二〜二五頁）は視覚を有効に使い、あたかもワルツの軌跡のごとく曲線的で、萩原恭二郎らモダニズム詩人の表記を思いおこさせる詩のような文章になっている。大学院のセミナーの最中にシェリーを飲みながら学生のレポートを聞くという贅沢な時間、酔いが身体に回り思考が浮遊する感が巧く創出されている。女手の部分（三三七頁）は王朝文学の雅やかさを伝え、母から美苗への手紙の部分（三八七〜九三頁）はフォントの工夫により手書きの柔らかな印象を表出している。「縦に大きくおおらかに流れた漢字とひらがな」は、「横に蟻のようにぎっしりと並んだ

alphabetとは全く異なった世界を眼の前に喚起する」（三三八頁）のだと美苗は挑戦的に語っている。日本語だからできた多彩な表記を駆使し、それぞれ異なった印象を読者に喚起させるテクストは、水村の狙いどおり英語への翻訳は不可能であった。翻訳者泣かせの文体といえるであろう。

2　カタカナ表記

カタカナ表記に関しては三つの例を挙げたい。第一に「東京のミナトク」という奈苗の発話である。宝くじを当てて「東京のミナトクに広いマンションを買う」（水村（a）二八頁）という奈苗の発言において「ミナトク」がカタカナ書きにされているが、これは奈苗が外国の都市と同程度にしか「港区」を知悉していないことを表している。

二つ目は美苗が交際している日本人留学生「殿」のエピソードである。カフェでカプチーノ（A cappuccino）を注文すると代わりに紅茶（A cup of tea）（三三二頁）が出てきてしまうほど強い日本人アクセントを有する「殿」の発話は、「アイ・アム・ソーリー・マイ・イングリッシュ・イズ・ソー・プアー」（「英語がお粗末ですみません」[22]）（八二頁）と本人が自認しているように、カタカナで表記されている。対照的に美苗や奈苗の話す英語は、英語に習熟していなかった渡米直後以外はアルファベット表記になっている。[23]日本人アクセントの強い英語をカタカナ表記にすることにより、視覚方言のような効果が生み出されている。

三つ目に、カタカナが空々しい印象を与える例を紹介しよう。高校の休み時間に絵を描くことに熱中していた美苗は、英語教師から絵を描くことよりもまずは英語を勉強するべきなのではないか――"You know, you should be working on your English."「君ハ英語ヲ勉強シテイルベキデショウ」（三六五頁）と注意されてしまう。この発話のカタカナ表記に関して次の二点が考えられる。一つには、英語教師の言葉に美苗が反発を覚え、言葉が美苗の心に外国語としてしか響いてこない様子。もう一つには、教師の言葉が命令を告げる法令のように空虚に響く様子。

以上をまとめると、（一）外国語としての日本語、（二）視覚方言、（三）聞き手の空虚な心性、の三つがカタカナで効果的に表記されている。

3　旧仮名遣い

次に旧仮名遣いの効果について検証したい。「二世の奥さん」と呼ばれる人物が登場するが、日系二世である彼女の話す言葉は、以下のように英語を交えた旧仮名遣いで表記されている――「catnipが入つてゐるんですよ、またたび、ほら猫にまたたび、お女郎に小判て云ひますでせう」（水村（a）八〇頁）。これは高木徹が論じるように、奥さんが「日本の変化から切り離されているだけに、かえって日本文化の古い部分を残している」（高木 一一三頁）ことを示すためだと考えられる。柳田國男は『蝸牛考』で、方言は京都から同心円状に地方に伝播し、遠い地方ほどもともとの古い形が残っていると唱えたが、それは日本の外に出ても有効である。実際に私がアメリカに在住していた頃お世話になったカリフォルニア州ワトソンヴィルの日系二世の女性たちは、一九九〇年代に入ってもなお旧仮名遣いで手紙をくれていた。「二世の奥さん」の発話に旧仮名遣いを使用することで、彼女の古めかしい物腰やたたずまいが伝わってくる。

4　漢字

漢字が与える絶大な視覚効果についても一例を挙げよう。マンハッタンのグランドセントラル駅周辺の様子を表わすのに、このような漢字が続く——「貧困殺人強盗強姦失業売春麻薬疫病孤独絶望」（水村（a）二六九頁）。英語版は「Every ill known to humanity（人類におけるすべての悪）」と表記されているが、漢字の意味を知る者ならばこの字面で、あたりの禍々しい様子が即座に立ちあがる。

5　固有名詞の英語・日本語による使い分け

固有名詞が日本語と英語では同じものとして結びつかない様子が、表記の違いによって表現されている。高木徹は『私小説』において人名や地名、植物の名前などの固有名詞が、あるときは英語表記、またあるときは日本語表記になっていることに注目し、その理由を美苗がアメリカで習得した言葉はアルファベットで表記し、日本ですでに知っていた言葉（たとえば「ゲーリー・クーパー」など）はカタカナ書きにしていると推察し、その理由として「最初から英語として「私」の中に入ってきた言葉は英語でしか書き表せない」（高木 一一五頁）からだと論じている。私もおおむね高木と同意見であるが、高木の論に若干補足をしたい。

ロングアイランドの美しい春の庭を描写する箇所では、英語と日本語を使い分けてさまざまな植物の名前が挙げられている。そのなかで英語表記になっているのは、maple tree（カエデ）、dogwood（ハナミズキ）、azalea（ツツジ）、alyssum（アリッサム）の四種、日本語表記になっているのは、鈴蘭、百合、八重桜、すみれ、クロッカス、ヒヤシンス、チューリップである（水村（a）五五頁）。一二歳でアメリカに渡った美苗であるから、alyssum や dogwood はアメリカで初めて目にしたのかもしれないが、maple tree や azalea は日本でも馴染みの植物のはずである。ではなぜ英語表記になっているのか。アメリカの maple tree や azalea は日本のカエデやツツジとは色も大きさも別種のものとして美苗の目に映ったのだと考える。これら以外でも、紫陽花や菊など日本でもおなじみの花の印象がアメリカでは大きく異なる。そのような植物を『私小説』ではあえて英語表記にしたのではないだろうか。ここでも視覚と言語の密接な関係がうかがわれ、水村の言語表記に対する細やかな配慮が看取できる。

6　「白」「光」の日本語・英語による表象

最後に「白」と「光」という二つの言葉の表象について検証したい。テクスト全編にわたって「白」

や「光」という言葉が効果的に使われていることは先述したが、「白」に関してとくに重要な例をここでは一点挙げたい。それまで「大した抵抗もなく」（水村（a）二九三頁）英語の“white”（白）という言葉を使っていた美苗と奈苗の姉妹が、あるとき奈苗が発した日本語の「白人」という一言で、それまであえて直視することを避けてきた複雑な感情をはっきり認識する象徴的な場面がある。

——あたしたち、白人じゃないじゃない。

（略）

奈苗は今まで「白人」というような言葉を使うことはなかった。思えば私自身英語ではwhiteと大した抵抗もなく使っていたその言葉を、日本語で、しかも奈苗を前には使うことはなかったのである。それがあの日、二人の間には、白人白人白人と何か見えない禁が解かれたように白人という言葉が出てきた。それは逆に私たち姉妹が今までその言葉を避けて通ってきたのをあらためて気づかせたのでもあった。（水村（a）二九三〜九四頁）

英語の“white”であれば深い意味をもたないのに、それが漢字の「白人」となると一転して美苗たち姉妹の心情に直接的に作用するのである。

「光」に関していえば、多くの言語で光は希望や真理を象徴する。テクスト上に列記された「lux,

luce, licht, light, lumière」（四一六頁）など西洋言語の「光」を意味する単語は、真実という概念と結びつけられている。しかしこれらはすべて「l（エル）」という表記ではじまる単語で、日本語には置き換えられない音だという点に注目したい。これらの単語で象徴される真実は、絶対的・普遍的なものではなく、あたかも日本語には存在しない概念なのだとテクストが主張しているようだ。

ここまで見てきたように、日本語の豊富な言語資源や言語表記、そしてそれらをさらに英語やフランス語と織り交ぜたことで、『私小説』のテクストには豊かな厚みがもたらされている。たとえ英語では「知恵遅れの劣等人種」としての実感しか得られなくとも、『私小説』を書くことにより日本語の書記言語という媒体を通せば絢爛たる「輝かしい存在」（三三八頁）となり得るのだとばかりに、自己の真価を表明しようとしているといえよう。

第三節　アメリカを触媒とした母娘関係の変容

前節では『私小説』のテクストを言語表記の面から検証した。テクストに看取される豊富な言語資源や多彩な言語表記は、日本語以外では表現することが難しい重層的な効果を視覚と情動の両面においてもたらすことに成功している。視覚の作用が美苗の主体性構築にいかに関与するか、そしてそれがどのようにテクスト上に表現され、いかなる効果をあげているかについてこれまで検証してきた。

そこで明らかになった問題から発展して、本節では母娘がアメリカ生活を経験するなかで構築していく身体性に焦点を合わせて考察してゆきたい。アメリカ生活を通して美苗の母と姉には過剰な女性性が付与（sexualize）されていくが、対照的に美苗の身体はテクストの陰に覆い隠されていく。その要因となるダイナミクスに注目し、アメリカを触媒とした母娘関係の変容について論じたい。

娘の過剰な女性化

少女の頃は無邪気で「男の子らしかった」（水村（a）二六六頁）と美苗が記憶する姉の奈苗が、アメリカ生活で実の母親から「色情狂」呼ばわりされるまでに過剰な女性性を帯びるようになったのはなぜか。そこには人種の問題と日米間の地政学的、歴史的問題が関係していると考えられる。

まだ奈苗が中学生になったばかりの頃、多摩川沿いを犬と散歩している奈苗の写真について美苗が言及する部分がある。写真のなかの奈苗は「色気づく前の女の子の、天からの落し物のような無邪気な笑い」を見せている。

> あの奈苗の無邪気はたんに少女の無邪気にすぎなかったのだろうが、大人になった私はいつのまにかそこに、日本に居たら可能だったかもしれない私たち二人の無邪気を見ていた。（水村（a）三一一頁）

ところが、このように述懐した直後に美苗は前言を否定する。「だがもし日本に帰ったとしてもあの頃に戻ることは不可能であった」と。美苗が即座に前言を翻したのには、二つの理由が考えられる。一つには、一旦アメリカにおいて東洋人であることを呼びかけられてしまったからには、もう二度と無邪気なお嬢さんには戻れない、ということである。

日本のお嬢さんがお嬢さんでいられるのは海で囲まれた日本の中だけの話である。人種の混在する広い世界に出たとき、お嬢さんでいられるのは西洋人の娘だけであった。（水村（a）二〇九頁）

アメリカ社会からの呼びかけを無視して無邪気な少女のふりをすることは、美苗がもっとも問題視する日本の知識人による「選択された無知」（三二八頁）の系譜に連なることになる。

二つ目の理由は、日本にいても違った意味で姉妹は少女の無邪気さを失うことになっていたはずだということである。背景にはそれぞれの文化が女性に求める価値観の相違がある。次節ではこのことについて述べていこう。

女性に求める価値観の日米における相違

現代の日本もアメリカも、ともに女性の若さに価値を置く文化である。だが求められる若さの質はまったく異なる。日本社会が女性に求める若さとは、すなわち幼さである。たとえそれが見せかけであろうとも、女性はかわいらしさと幼さを前面に出し、上位者（おうおうにして男）に従順であることが求められる。そのそぶりをうまく遂行できるのが、日本社会では頭の良い女性とされる。

翻って現代のアメリカでは、セクシーという形容詞が男女ともに最高の褒め言葉として通用するように、社会が女性に求める若さは性的にアクティブであることと関連づけられる。しかしそれは生殖（妊娠・出産）とは必ずしも関係しない。それゆえ女性は一三歳以下のプリティーンであっても大人びた格好をするし、生殖年齢を越えた女性も露出の多い服を躊躇なく身につける。日本でよく聞くような「カワイイお婆ちゃんと呼ばれたい」などとは言わないのだ。美苗の中学時代のクラスメートだったリンダが常に自分の外見を気にかけ、「私ってセクシーに見える？」と執拗に確認していたのもそのせいであろう。多人種多言語のロー・コンテクスト社会においては、単純明快なコミュニケーションのスタイルが求められる。日本のようなハイ・コンテクスト社会に比べて当然言葉数も多く必要とされる。したがって性を強調する記号の総量も必然的に多くなる。その意味でいえば、言語能力の低いリンダにとって、言葉を補うものとしての性的記号（セックス・アピール）を発信することは、極めて自然な行為だといえよう。(24)

奈苗はアメリカ社会で過剰に女性化されることを余儀なくされた結果、母親から「色情狂」呼ばわりされながらも、日本に帰る選択肢を取ろうとはしない。アメリカの価値観をたっぷり吸収してしまった姉妹にとって、幼さを発動して日本社会と対峙することは屈辱である。「What nerve! よくゆーよ、ってやつよね。日本なんか帰るもんじゃないと思わない？」（水村（a）二七二頁）とは、三〇歳を過ぎた美苗を前にぬけぬけと「やっぱり女の人はなんてったって三十前ですねえ」（二七一頁）とのたまう五〇歳代の日本人ビジネスマンに対する奈苗の抗議の声である。水村はエッセイ集『日本語で読むということ』で日本人男性に対する不信感をあからさまに表明している。世界でも有数の研究大学の大学院を優秀な成績で修了した水村は、日本人男性の前では生意気だと思われるのではないかといつも気にしてしまうという。なぜなら彼らは「いくら物わかりのいいことを言っても、腹の底では女の人のことを軽んじているにちがいない」からである。[25] 水村の批判は男性のみではなく、女性軽視の風潮を「選択された無知」を決め込み許容する日本社会全体に及ぶ。水村の目に映る日本は「どこを向いてもうすら寒い女の写真と狎れ合いの言葉が宙を舞う国」[26]（水村（a）四四四頁）なのである。

この点に関しては、日本出身でアメリカに移住した「新一世」作家であるキョウコ・モリ（一九五七年生）も同様の発言を繰り返している。英語では臆さず自己主張ができるモリであるが、日本人男性と日本語で話しをするときには、「わたしの口から出てくるのは、きめ細かく丁寧《ポライト》で、婉曲で、しかも素直で慎ましやかな言葉ばかり」であり、そのような自分の声が「知的で頭の切れる、決断力のそなわった人間にはどうしても聞こえない」[27]と嘆く。また日本滞在時に電車のなかで痴漢にあい、抗議の声をあげることすらできなかった恐怖と屈辱の体験に触れ、モリは「日本では安心していられない。女性が自分のことを恥じながら、沈黙のなかへ押しこまれていると思うと落ち着かない」と述べたうえで、本当に怖いのは電車のなかの「イカレた男たち」ではなく、日本社会の「沈黙そのもの」だと批判している。「日本では、社会全体で礼儀正しく《ポライトリー》黙りこむことによって安全なふりをしている」（モリ 三〇九頁）のだとモリは指摘する。

自分の主張をもち、教養と技能に秀でた女性にとってはこのうえなく生きにくい欺瞞に満ちた国ではあっても、日本が自分の生まれ故郷である事実は変えることができない。水村とモリに共通する日本社会への批判の目が、美苗・奈苗姉妹の日本帰国を思いとどまらせている。モリの挙げる日本社会の「沈黙」と「安全なふり」とは、都合の悪いことは見て見ぬふりで遣り過ごすという態度、つまり水村が『私小説』でもっとも問題視する「選択された無知」の態度が深く関与している。

日本社会に対する不信感

美苗・奈苗姉妹が日本社会に不信感を抱くようになった原因としてさまざまなことが考えられる。アメリカ東部の有名大学に日本企業から派遣されて来る男性留学生たちは、シャボン玉のような透明な膜につつまれて「アメリカの大気に肌をさらさずに済ませているような」「無邪気であると同時に認識の不足からくる無神経」さを現地で恥ずかしげもなく披露している（水村（a）三一三頁）。現地に長く暮らす日本人や日系人と交わろうとしないこれらの一流企業・官庁派遣の留学生たちは、アメリカで「束の間の解放感を謳歌」（三一二頁）して日本に帰国し元の鞘に戻る。男性に限ったことではないが、現地社会に対して「incredibly naïve［驚くほどナイーブな］」行動をとる日本人に対する痛烈な批判を美苗は展開する。

> こちらの人間からどう見られているかを知らないということは、それを知っている人間の眼にどれほど威厳のないことに見えるか（水村（a）三一六頁）

日本近代文学にアイデンティティの基盤を築きたい美苗であるが、在米日本人として、現実の日本社会が見せる姿に誇りを抱くことはできない。なお先ほど触れたようにこの部分は英訳版では削除されている。

　姉妹が日本社会および日本人男性に不信感を抱く直接の契機となったのが、奈苗の破局である。奈苗は結婚を期待して挨拶に訪れた交際中のエリート留学生の家族から「生理的拒絶反応」（一五二頁）を示され、日本で自殺未遂をはかったのである。二〇年に及ぶアメリカ生活で国籍不明なほど過剰に女性化された奈苗は、もはや日本人の〈嫁〉としては不適格な存在になりはててしまったのだ。美苗と同様に帰国を切望していた奈苗が、この一件を機に日本を「敵国」（一五三頁）とみなすようになる。だがもともと奈苗が日本人男性と結婚することを熱望していたのは、本人よりもむしろ奈苗の母であった。母の欲望が娘の奈苗に転移したのだった。

アメリカにおける母娘関係

　ここでアメリカにおける水村家の母と娘の関係を検証することが必要になる。奈苗と母はアメリカで過剰に女性化されると述べたが、美苗は性的な部分を奈苗という分身に仮託している。よって奈苗の身に起きたことは、美苗にも起こり得ることであった。美苗が奈苗のようにならずに済んだのは、ひとえに美苗が心の拠り所としていた「日本近代文学」のおかげである。奈苗がアメリカ社会に適合しようと必死になっていた頃、美苗は「日本近代文学」の世界への同一化を試みていたのである。そのせいで美苗には奈苗と違った弊害がもたらされることになるが、まずは『私小説』に見られる母娘の関係を検証しよう。

美苗の母は、水村の実母である水村節子をモデルにしている。節子の手による自伝的小説『高台にある家[28]』に詳しく書かれているように、節子は元芸者の母が、息子の家庭教師だった年若い男と駆け落ちして、婚外子として育つという複雑な家庭環境に育ち、そのため子どもの頃から上昇志向の強い女性として描かれている。奈苗が過剰に女性化されたのは、この母とアメリカ社会からの二つの圧力の結果であろう。奈苗と母は「濃密な愛憎関係」で結ばれており、母はあたかも自分自身が嫁ぐかのように「火だるまのような」（水村（a）一五四頁）情熱を燃やして奈苗の結婚問題に介入する。奈苗は母の思い描いた夢を押しつけられた形なのだ。母の夢とはすなわち、奈苗が日本人のエリート男性と結婚し、日本で豊かな家庭を築くことである。念願のアメリカ生活を果たしていながら矛盾するようだが、つまるところ母の究極の願望はアメリカの地で成功を収めることにはなく、洋行帰りで箔をつけた姿を日本人に見せつけることにあったと思われる。母の心性（日本での出世の手段としてのアメリカ体験）は、前述の日本人留学生のそれにも通じるかもしれない。しかし母が心血を注いだ奈苗の結婚話は無残にも失敗に終わる。

失策の第一要因は、結婚相手を当初日本人に限定したことである。もともと「ことにアメリカかぶれした家であった」（五二頁）水村家は、両親ともに上昇志向が強く、日本社会を飛び出してアメリカに移り住んだくらいで、そんな親が婚家の生活によく馴染み、イエの女におさまるべき教育を娘に施せるはずがなかったのだ。母は「「日本人離れをした」顔立ち」（五七頁）が自慢で、若い頃は『痴人の愛』のナオミのようだったと得意げに話す（二四九頁）。「ゲイリー・クーパーのような将校」に出会い「長い腕にいだかれるのを夢見ていた」ような人である（二五〇〜五一頁）。

だがそれはあくまで夢でしかなかった。母が基地で出会った、丸い鼻に丸い眼鏡を掛けた、どこから見ても日本人の父と道ならぬ恋におちいるのに、いくらも時間はかからなかった。（水村（a）二五一頁）

「道ならぬ恋」とあるように、両親は再婚である。当時の母にとって、上昇はひとえにアメリカ的な生活をすることにあった。だが首尾よく夫がアメリカ転勤を命じられ現実のアメリカを経験するも、それが思い描いていた生活でないことがわかった途端、上昇は別の道を示し始めたのだった。自分の欲望を娘に転化していた母は、娘の結婚が失敗に終わるのと軌を一にして自分自身が過剰に女性化し、年下の日本人ビジネスマンと国外に出奔するのである。日本女性がアメリカに刺激され性的にアクティブになることは、日本の男性作家によってこれまでたびたび描かれてきたが、ここで『私小説』に即してこの事態を考えてみたい。

イエから個人へ

よくいわれるように、イエの縛りが強い日本の社会に対して、アメリカでは個人主義的傾向が強い。アメリカに移り住んだことで、美苗の家族を取りまく環境はイエ単位の社会から個人単位の社会へと移行する。当然の帰結として、イエに求められていた家族役割が霧消し、各々が個人としてアメリカ社会に対峙することが求められる。父（夫）は男として、母（妻）と娘は女としてアメリカ社会と向き合うことになるのである。『私小説』においては、病気の夫に男を見出しえなくなった女（妻・母）が、別の男の元へ走るという事態が発生する。このようにして奈苗・美苗姉妹は、母国にも母にも見捨てられ、アメリカで孤児のように置き去りにされるのである。

過剰な女性化と人種の関係

育ちざかりの奈苗は、母に比べアメリカ社会に日々直面する度合いが大きいため、いきおい母より早く女性化するのだが、そこには人種の問題が密接に関係していることを美苗は見逃さない。奈苗が白人でないことが過剰な女性化の要因であることを美苗は鋭く指摘するのである。アメリカ中産階級の白人の娘たちは奈苗のように外見を操作する必要がない。なぜなら彼女らは「あらゆるマスメディアを通じて理念化された性愛の対象」であるため「不必要に女であることを前に押し出す必要」がない。しかしそれ以外の女たちは「女であることのさまざまな徴しを、あとひと押し、ふた押し、み押しして、性愛の対象となろうと心をくだ」（水村（a）三〇五頁）く。奈苗のような格好が「悪趣味に見えるだけのアメリカの良識」（同頁）をアメリカ人である日系人はすでに身につけているが、外国人である奈苗はアメリカ社会におけるコードを感知することができず、さらに白人でないという属性のため、もはや国籍不明なまでに過剰な女性化を遂げてしまうのである（一二七頁ほか）。

母と娘の断絶

加えて日本人である母は娘の悲哀を理解できない。母は前述のようなアメリカの事情に無頓着で、娘の過剰な女性化を「アメリカナイズ」（水村（a）三〇五頁）という言葉でしか認識できない。母にとって理解できないものは存在しないものであり、娘がアメリカ社会で舐めさせられる苦渋には考えが及ばないのである。

アメリカの現実は母にとってはアメリカという異国の現実でしかなかったが、奈苗と私にとっては、そこで自分の居場所を見つけねばならない現実そのものであった。そしてそれはアメリカに来ても日本の世界におさまっている母にはわかりようもないことであった。（水村（a）二四八頁）

美苗や奈苗のように、一〇代から二〇代にかけて親とともにアメリカに移住した「一・五世代」たちの煩悶を、吉田美津は次のように語っている。いわく一・五世代の自己形成は親の世代よりも難しく、「祖国とアメリカのはざまで、アメリカ的価値を吸収しつつ新たな自我形成の必要に迫られ、二つの国の錯綜した歴史的矛盾を生きざるをえない」[29]。よって一・五世代たちには「祖国から強制的に引き離されることによって生じた内面の深い亀裂」が認められると吉田は論じている。

移動の有無にかかわらず、親世代と子ども世代の間には多かれ少なかれ互いへの理解を困難にする「亀裂」が存在するが、異文化社会への移動という事態が世代間の「亀裂」を増幅させ、とくに移動を余儀なくされた子どもたちへの精神的負担を増大させる。

美苗の家族がばらばらになってしまった最大の要因は、いつかは日本に帰ろうと思いながらもそれを先延ばしにし、アメリカ社会に移民として定住する覚悟を決めなかったことにある[30]。豊かさに憧れアメリカに渡り一旗揚げて故郷に錦を飾るつもりが、帰国をずるずると先延ばしにするうちに、アメリカの国力は美苗をして「西洋の没落」（水村（a）三六一頁）といわしめるほどに低下してしまう[31]。

水村家のアメリカ生活の原点となったコロニアル風(32)の家を売っても、バブル経済のもと地価上昇が留まるところを知らない当時の日本に家を買うことはできない。父は寝たきり、母は駆け落ちという事態に「親の家がなくなると同時に家族という単位もあれよあれよというまに消滅して」(四二頁)しまう。しかし美苗・奈苗姉妹はなぜこの期に及んでもアメリカ社会に定住する覚悟が決められないのだろうか。そこには人種と敗戦の問題がわかちがたく作用していると思われるのである。次節からはその点を明らかにしていく。

第四節　〈白人文化〉の内面化

姉妹は西洋人から東洋人扱いされたことに激しい「屈辱感」を抱く。姉妹がそれほど強い感情を抱くようになった要因として逆説的に考えられるのは、白人文化を大いに内面化した少女時代を日本で過ごしたからではないか。西欧の児童文学を読んで育ち、西洋人風の若い女性たちが演じる宝塚歌劇観劇に通い、白人風の男女がラブロマンスを繰り広げる少女漫画を好み、吹き替えの洋画を見て育った少女は、日本人が想像・創造した〈西洋〉をたっぷり吸収して成長したのである。[33] 美苗は日本にいた頃の自分を回想して次のようにいう。

私は青い眼をしたお人形さんと遊び、まるく広がったスカートにリボンをたくさんつけたお姫様の絵を描き、主人公がカタカナの名前をもった少女小説を読んでいた。アメリカに行くという話を聞いた時にも、それではこれからはKellogg'sのcornflakesの箱にあるような、そばかすだらけの金髪の男の子と机を並べるようになるのだなと思っただけであった。それが何となく嬉しかったのは、オイ、オレがよう、オマエによう、とすでにいっぱしの男言葉を投げ合っている日本の男の子をあとにして、もっと紳士的であるに決まっている金髪の男の子と机を並べるというのが、私にはよりふさわしい運命のように思えたからであった。（水村（a）三一八頁）

このように「上昇指向がそのまま西洋指向につながった家に育った」（水村（a）三一九頁）子ども時代を回想する美苗であったが、この年代の日本の少女にとって、ことに人気の絶頂期にあった少女漫画の影響は看過できない。少女漫画が一九七〇年代から一九八〇年代の少女たちに与えた絶大な刷込み効果について、一九六三年生まれの横森理香は「日本の少女にとって、その世界がどれだけ美しく、甘く、楽しいものだったか」と述べ、「きびしくビンボッたらしい現実を前に、この世界へ逃避、洗脳されざるを得ないほど、魅力に溢れていた」と証言する。[34] 横森は、当時の少女漫画にやたらと西洋人が登場するものの、言葉の壁がいっさいないことを指摘し、ヒロインが日本人でも髪は金色で、西洋人のような生活をしている矛盾を面白おかしく語っている（横森 一七〇頁）。ここであえて矛盾という言葉を使ったが、読者である少女たちはこれをまったく矛盾と捉えていないことが問題なのである。

このような子ども時代を過ごした美苗は、夢のアメリカに到着した直後にすでに期待と相違する現実に直面して違和感を覚えるのである。当時の写真を見ながら、美苗は次のように回想する——「なぜだかは分からないが、私は、あのときすでにもう日本に帰りたくなっていたような気がする」（水村（a）四九頁）。美苗のみならず、アメリカに憧れつづけた母でさえも、アメリカ上陸直後に「何か当惑したような表情」（同頁）を浮かべているのである。

母娘が憧れてやまなかった西洋は、実体としての西洋ではなかった。それは実物よりも「西洋的な匂い」がする「横浜の家」が体現するような括弧つきの〈西洋〉であった。「横浜の家」とは母の裕福な親戚が住む港を望む高台の家である。皮肉なことに、破談になった奈苗が自殺未遂騒動を起こしたのは〈西洋〉の具現化ともいうべきこの「横浜の家」においてであった。奈苗の自殺未遂は「相手の男へのあてつけ」、「母への申し開き」（九九頁）とともに、括弧つきの〈西洋〉への異議申し立てとも読めるのである。この三者は、奈苗・美苗姉妹に現在の苦境をもたらした元凶であった。

敗戦国出身の東洋人

日本を「敵」とみなすようになってからの奈苗の恋愛対象は、当然日本人ではなくなったが、アメリカを母国とする者に向けられたわけでもなかった。奈苗は自分を「princess［お姫様］」（水村（a）三〇一頁）として扱ってくれるような旧東欧からの移民と付き合うようになる。奈苗は敗戦国出身の東洋人であることに引け目を感じずに済む相手を求めたのである。しかも相手がヨーロッパ出身者なら、大陸に対して根強いコンプレックスをもつアメリカ人の鼻を明かした気分になれる。「東洋人が虎の威を借りるようにヨーロッパの威を借りてアメリカを見下そうとする」（三〇八頁）。

奈苗はニューヨークの中心部にある洒落たバーで白人のバーテンダーから「Oriental whore［東洋人の売春婦］」（三〇一頁）扱いをされるという屈辱の体験をする。バーテンダーの意識のなかでは、東洋人の女と付き合うような男は白人であってもへたれた輩（“cheap”）であり、そのような男に連れ添っている東洋人の女は売春婦でしかないという図式が成り立っているのである。ここで「アジア人［Asian］」というニュートラルな語ではなく侮蔑的な「オリエンタル［Oriental］」という言葉が使われていることに注意したい。

屈辱の体験を告白する奈苗の顔は、美苗に戦後いちはやくアメリカにわたってきた日本人の「もとお嬢さん」たちの「ひからびた顔」（三〇六頁）を思い起こさせる。「れっきとした良家の出身」だった日本の「もとお嬢さん」たちは、「異国の空の下で歳を重ねるうちにおっとりしたところはどこにもなくなり、対象がはっきりとしない恨みのため」か、「硬くこわばった顔」になってしまっていた（三〇七頁）。彼女らの寒々しい姿は、奈苗のアメリカでの行く末を暗示するようだ。

アメリカに長く暮らす日本人女性の不自然ともいえる容貌の衰えについては、森禮子『モッキングバードのいる町』（一九七九年）にも同様の記述がある。二〇年以上アメリカで暮した日本人女性の疲れ果てた顔だ。

あれほど魅惑的だった愛らしいスウはどこへ行ってしまったのだろうと、訝しい気がした。今のスウにあるのは、どこか皮肉な匂いがする魔女めいた乾涸びた容姿と、ぎすぎすした身勝手さばかりだった。(35)

途端に、ぎくりとした。ブラインドの隙からの仄明りを鈍く反射している鏡の中に、胡粉が剝げ落ちた泥人形そっくりの老けた日本女の顔があった。わたしだろうか、これが……。(森 一五六頁)

母親にも母国にも見捨てられ、全身から恨みを発しているように見える奈苗は、「根を下ろすことも人々と手をつなぐこともできない異邦人」(水村(a)二六五頁)の姿を晒してこれからもアメリカで生きつづけていくのだろうか。

アパートの窓の外を行く除雪車が「占領下の町を行く戦車のように威圧的に見えた」(一四頁)という美苗の記述が示唆するように、二〇年に及ぶアメリカ生活を経て、美苗は敗戦国出身者であるということを強く意識するようになる。美苗が白人に対しても、同じ東アジア出身の東洋人に対しても「隔たり」を感じるのは当然である。白人には戦争で負け、中国・朝鮮半島出身者にも同じ理由で負い目がある。また西海岸に多い日系人たちにも、同様の理由から一体感をもつことができない。なぜならば、日系人は真珠湾攻撃を仕掛けた「sneaky Japanese［卑劣な日本人］」（一七九頁）などではなく、れっきとしたアメリカ人であるからだ。

戦争に負けるということは畢竟そういうことだろう。明治維新以来の「選択された無知」（三二八頁）の帰結である日本人の「ナイーブ」さを発動して、白人から「劣等人種」として扱われることに目をつぶったり、戦争を体験していないことをいいことに、敗戦の事実から目を背け無邪気に生きつづけたりすることは、この姉妹には到底できない。

小説を書くにしても、日本人受けをねらった（Something the Japanese would love）ハーレム在住の日本人女と黒人の恋物語（一六七〜七〇頁）や、歴史を無視した「おめでたい小説」を書くことは、現実を「denial［否認］」（三二七頁）で糊塗し「選択された無知」を再生産しつづけることになる――美苗はそう考える。日本とアメリカ、日本語と英語の間に、

亀裂どころか継ぎ目もないようなそんなおめでたい小説――しかも、その男がその男である以前に日本人あるいは東洋人あるいは黄色人種でしかないというアメリカの現実を無視し、あたかもその男がアメリカの中でまず一個の人間として存在しているような、そんなおめでたい小説をどうやって書けるのだろう。（水村（a）一七〇頁）

吉原真理は「西洋が日本をそして東洋を嗤ってきたという現実を敢えて無視した上で「近代」の葛藤を描く、近代日本文学の前提自体に、美苗は異を唱えるのである」（二〇〇頁）と美苗の意を代弁する[36]。

西洋的なるものを内面化し「不必要な夢」（水村（a）四五四頁）を見させられ翻弄されつづけた姉妹の懊悩は、現実を直視する者だけが味わうものである。西洋でも日本でもない西洋的な空間を、境界上にある創造的なスペースとして価値を見出す衒学的余裕は、この姉妹には与えられていない。

何も考えないでよかったころを恋い、今置かれた場所からも時間からも限りなく遠い暗い所へと精神をひたすら下降させる。そして現実の光の射さない穴ぐらに閉じこもり、自分のすべてを赦《ゆる》してもらおうとする。すべてを赦そうとする。日本の男の作家ならこれを母胎回帰と呼ぶのだろうか。（水村（a）四四六頁）

現実世界と向き合わず「否認」と「選択された無知」の合わせ技をもって「母胎回帰」から蘇生を果たすという奇術は、日本の男性作家に与えられた特権であるが、それは単なる「退行現象」（四四六頁）にすぎない。

女ことばと白人性

さらにいえば、美苗の精神の拠り所となっていた日本近代文学の世界も、美苗に安住の地を約束するものではない。周知のとおり、西欧小説の翻訳翻案に〈起源〉をもつ日本の近代文学は、西欧小説の白人女性が話す言葉をもたなかったため、明治の文学者たちが遊女や女学生らが使っていた「〜てよ」「〜だわ」という文末表現などに代表される。言葉を寄せ集め、ハイブリッド化してそれに対応した。それが大正昭和と時代が移るにつれて出自が忘れ去られ、価値のインフレーションを起こし、中産階層以上の女性が使う上品な言葉に化けたのである。中村桃子は、日本の女ことばが白人性と結びつくことで「正当性を獲得してきた」ことを論じている。中村いわく、女ことばが日本人の言語資源としてこれほどまでに浸透した背景には、中産階層の白人女性が小説のなかで女ことばを使っていたためだと論じている。[37] 中村がいうように、女ことばが「白人女性の会話を日本語に翻訳した時に、もっとも正当な形で見いだされる」（中村 一二八頁）のだとしたら、女ことばの使用者が白人性を内面化してしまうのは至極当然の帰結である。

このように女ことばの出自が西欧白人女性の話し言葉の再現（representation）――ピエール・ロティ風にいうと「物真似」――にあるならば、周りから隔絶された世界に籠り、日本近代文学に没入していた美苗が、そのことによって西洋的な価値観をますます強固なものとし、更なる葛藤に晒されるのは皮肉な必然であった。ロティに国民的誇りがまったく欠けた卑しい物真似と嘲弄され、醜く小さい哀れな日本人女（水村（a）三二六頁）とまでいわしめた鹿鳴館舞踏会の淑女が、芥川龍之介の手にかかった途端、薔薇色の恥じらいを見せて香しくワルツを踊る典雅な乙女に変貌する。これを自己防衛のための「否認」もしくは「選択された無知[38]」といわずしてなんといおう。

心の拠り所であった日本近代文学にすら精神の支えを見出せなくなった美苗はさぞかし無念であったろう。いまや美苗が唯一頼ることができるのは、制度に縛られない「山姥」たちの存在だ。美苗は日本の女たちの根源的な生命のつながりに身を委ねることで自ら救済されようとする。

蓬髪をうしろにたなびかせ、尾根を渡り、かけり、かけりて谷間に降りる。墓から甦り、闇夜に走る山姥たちであった。あれは私の祖母、あれが私の曾祖母、あれがそのまた前の祖母――みんな、みんな私につながっている女たち。（水村（a）一一頁）

『私小説』は山姥の登場で幕を開け、山姥の誘いとともに幕を閉じる。

狂おしい生への思いが身体をめぐり、その瞬間、墓を躍り出た山姥たちが蓬髪をたなびかせ、裸足で山を駆け降りる音が今一度耳朶に轟と鳴った。（水村（a）四六〇頁）

山姥たちに見まもられ、美苗は「世界の一部でありながら、世界の一部ではない国」（水村（a）四四四頁）である母国日本で、人生を生き直すことを決意するのである。山姥は「束縛（binding）」ではなく「結びつき[39]（bonding）」を美苗に授けてくれる貴重な存在なのである。

『私小説』は、長くアメリカに居過ぎて日本に帰りそびれたスノビッシュな帰国子女の居場所探しとして読むのではなく、アジア太平洋地域の歴史と地政の狭間で、幾重にも屈折した心理状態を潜り抜ける美苗の生存をかけた自分語りと捉えられるべきで、その点では日本社会に向けた告発の書としても読まれよう。『私小説』が選んだ多言語混交の文体は、言語力学の狭間でもがく人間に一番伝わりやすいモードである。それは、美苗の憂いを共有できる相手に向けてすぐれて戦略的に選ばれた文体なのである。

【註】

（1）「第十七回野間文芸新人賞発表」『群像』一月号、講談社、一九九六年、四六四～四六六頁

（2）小森陽一『〈ゆらぎ〉の日本文学』日本放送出版協会、一九九八年、三〇九頁。カッコ内註は引用者による。
（3）河野至恩「「日本語を選び取る」ことの可能性——複言語主義から読む水村美苗「私小説 from left to right」」『日本近代文学　第102集』二〇二〇年、七一～八六頁
（4）飯田祐子『彼女たちの文学——語りにくさと読まれること』名古屋大学出版会、二〇一六年、一〇五～一〇九頁
（5）『私小説』の主人公と著者の混同を避けるため、主人公は「美苗」、著者の水村美苗は「水村」と表記する。
（6）水村美苗（a）『私小説 from left to right』筑摩書房、二〇〇九年、三六六頁
（7）この写真は二〇二一年に刊行された英訳版では省かれている。英訳版に関しては後述する。
（8）筆者訳
（9）崔実『ジニのパズル』（講談社、二〇一六年。第五九回群像新人文学賞、第三三回織田作之助賞、第六七回芸術選奨文部科学大臣新人賞受賞）も同様に、アメリカの日常音の耳を裂くような音量と禍々しさが、日本語話者である主人公の女性に警笛として届くさまを描いている。「静かな空間を切り裂くように響いてきたのは、火災発生時のサイレンのような学校のチャイムだった」（一六頁）。同作品も日本・韓国・アメリカのどこにも帰属する場を見つけられずに苦悩する在日韓国人三世の女性を主人公とする私小説である。
（10）英語では“dumb class”とある。
（11）ピエール・ロティ（一八五〇～一九二三）はフランスの作家。海軍士官として一八八五年に来日し、長崎に一ヵ月間滞在。鹿鳴館でのパーティに出席する。滞在中日本女性と暮らした経験をもとに『お菊さん』と

いう諸説を書いた（一八八七年）。そのなかで、日本人の容姿の醜さについて言及している。本書六九頁参照。
（12）二〇二一年五月にオンラインで開催された「プルースト――文学と諸芸術」と題された国際シンポジウム（公益財団法人日仏会館主催）で、水村は「母語で書くということ」と題した講演を行い、自身とプルーストとの共通点を母語で小説を書くことだと述べたうえで「自分の母語が編み出す世界にこだわりたい作家にとって、その母語の世界的地位など最終的にはどうでもよい」と話し、「英語の支配のもとで母語で書く」ことの意義を問うている。水村美苗「母語で書くということ」『すばる』九月号、集英社、二〇二一年、一〇六～一〇九頁
（13）ここで飯田が「読み手」ではなく「聞き手」としたのは、のちに『私小説』として完結する美苗の語りの「聞き手」という意味だが、先に述べたように、美苗に転機をもたらすのが電話での会話であることと関連して考えることが可能である。
（14）Toyota, T.（2014, May 9）. *New Meaning of Nikkei: Shin Issei and the Shifting Borders of Japanese American Community in Southern California* [Paper presentation]. UCLA Terasaki Center for Japanese Studies Global Japan Forum. University of California at Los Angeles, CA, United States.　筆者訳
（15）たとえば東部に派遣されたエリート駐在員家庭の事情や、美苗が問題視する "selective ignorance"（選択された無知）の件など。
（16）ドイツ文学研究者の高田里恵子は『女子・結婚・男選び――あるいは〝選ばれ男子〟』（筑摩書房、二〇一二年）で『私小説』に言及し、美苗について「結婚しないことを選択したわけでもなく、高学歴にもかかわらず食

べていけるだけの職業は得られず、そんなはずではなかったのに、ふと気がつくと、もう親も守ってくれるだけの力を失った、婚期を逸しつつある女になっている。元「恵まれたお嬢さん」が感じる、このごく具体的な寄る辺なさ（略）を少しも理解できないなどという女がいるだろうか」（一〇二頁）と述べている。高田の論はバイリンガルな育ち方を特別視しなくとも、美苗の葛藤の普遍性を言い当てている。

（17）青柳悦子「複数性と文学――移植型〈境界児〉リービ英雄と水村美苗にみる文学の渇望」『言語文化論集』五六、二〇〇一年、一八～一九頁

（18）高木徹「水村美苗『私小説 from left to right』を読む」『CUWC gazette』九、一九九八年、一一一～一二〇頁

（19）水村美苗（b）「母語で書くということ」『すばる』九月号、集英社、二〇一一年、一〇九頁

（20）『私小説』一一八頁に日本語入力ソフトウェアが手に入らなかったことが記述されている。

（21）コラージュのように手紙や写真を挿入したり、さまざまな文体で書き分けたりする手法は、一九九四年にカナダで発表されたヒロミ・ゴトーの『コーラス・オブ・マッシュルーム』（増谷松樹訳、彩流社、二〇一五年）にも共通する特徴である。ほかにテレサ・ハッキョン・チャやトリン・T・ミンハらアジア系アメリカ人作家によって盛んに使われた手法でもある。

（22）筆者訳

（23）渡米直後の美苗の英語の発話がカタカナ書きになっている部分は『私小説』一九四頁を参照。

（24）第三章で論じる山田詠美『ベッドタイムアイズ』の主人公キムとスプーンの関係も同様に解釈できる。キ

ムとスプーンの言葉によらない肉体交渉は、キムの英語運用能力とスプーンの日本語運用能力双方の低さを補うものと考えられる。発話も性交もコミュニケーションの手段である。

(25) 水村美苗（c）『日本語で読むということ』筑摩書房、二〇〇九年、二三七頁

(26) それはキョウコ・モリの母が生きつづけることをあきらめた国である。

(27) キョウコ・モリ『悲しい嘘』部谷真奈実訳、青山出版社、一九九八年、一九頁

(28) 水村節子『高台にある家』角川春樹事務所、二〇〇〇年。節子は一九二一年神戸市生まれ、二〇〇八年没。

(29) 吉田美津『「場所」のアジア系アメリカ文学——太平洋を往還する想像力』晃洋書房、二〇一七年、一五頁

(30)「私たちは移民ではなかった。父も母も私たち一家全員がいつの日かは日本に帰るであろうことになんの疑いももたなかったし、それが何年先であろうと、そのとき二人の娘がまだ日本人であろうことにもなんの疑いももたなかった」（水村（a）五五頁）。二〇年をアメリカで過ごしながらも美苗はイエの呪縛から解放されず、日本に帰るなら家族全員でという思いに囚われつづけていたのである（六四頁参照）。それは「長い異国生活の中で、あたかも孤島にいるように家族の関係が密になってしまった」（一五五頁）からであろうが、それだけではなく、日本文化のイエ制度がいかに強固なものであるかを物語っているともいえよう。なぜならここにもキョウコ・モリとの共通点を見て取ることができるからである。イエの呪縛から逃れようと単身アメリカに移住したモリだが、その後長年にわたって日本での少女時代のトラウマと家族への愛憎について書きつづけている。

（31）第二章で言及するが、横須賀市本町の米国軍人向け歓楽街が寂れていくのと時を同じくしている。一〇四頁【写真18】と二一五頁【写真35】に見られるように、かつては光り輝くアメリカの象徴だったEMクラブは、外壁が蔦に覆われ、内部が老朽化して、一九八三年に日本に返還された。

（32）ここに来てコロニアル（植民地）風というのがなんとも皮肉に響く。この家は「そこへ帰りさえすれば朝から晩まで日本語が通じ、Nanae と Minae から奈苗と美苗に戻ることのできる故郷であった」（水村（a）四〇頁）。

（33）実際、白人の主人公が登場する児童文学ばかりを読んで育った黒人の子どもは、白人文化を内面化してしまうという研究が発表されている。DeCuir-Gunby, J. T.（2009）. A Review of the Racial Identity Development of African American Adolescents: The Role of Education. *Review of Educational Research*, 79（1）, 103-124. https://doi.org/10.3102/0034654308325897

（34）横森理香『恋愛は少女マンガで教わった――愛に生きてこそ、女!?』クレスト社、一九九六年、二二頁

（35）森禮子『モッキングバードのいる町』『女性作家シリーズ23　現代秀作集』角川書店、一九九九年、一五四頁。第八二回芥川賞受賞作品。初出は『新潮』一九七九年八月号。

（36）吉原真里「Home Is Where the Tongue Is: ――リービ英雄と水村美苗の越境と言語」『アメリカ研究』三四、二〇〇〇年、八七～一〇四頁　https://doi.org/10.11380/americanreview1967.2000.87

（37）中村桃子『翻訳がつくる日本語――ヒロインは「女ことば」を話し続ける』白澤社、二〇一三年、一二七頁。日本語の「女ことば」がもつイデオロギー性と中産階級の白人女性との関連については、以下の文献

がとくに詳しい。Inoue, M. (2006). *Vicarious Language: Gender and Linguistic Modernity in Japan.* University of California Press.

（38）「選択された無知」に関して、一九九〇年代の半ば頃から知に対するアクセスの不均衡や誰が何をどの程度知ればよいのかなど、社会文化的に引き起こされる「無知」についての研究（agrotology）が領域横断的に進んでいる。以下の文献には「選択された無知［selective ignorance］」についての章も設けられている。*Routledge International Handbook of Ignorance Studies* (2015)

（39）Binding と bonding の概念はマリアンヌ・ハーシュによる。マリアンヌ・ハーシュ『母と娘の物語』寺沢みづほ訳、紀伊國屋書店、一九九二年、二三五頁。山姥は日系カナダ人作家ヒロミ・ゴトー『コーラス・オブ・マッシュルーム』（一九九四年、日本語訳二〇一五年刊行）にも登場する。日系・日本人女性作家の拠り所としてしばしば登場する鍵概念である。『山姥たちの物語――女性の原型と語りなおし』水田宗子・北田幸恵編、學藝書林、二〇〇二年参照。

第二章 日本のなかのアメリカ

――「石内都」を生んだ基地の街、横須賀『絶唱、横須賀ストーリー』

私は「写真」を、一つの問題(一つの主題)としてではなく、心の傷のようなものとして掘り下げたいと思っていた。

(ロラン・バルト『明るい部屋 写真についての覚書』)

第一節　傷だらけの横須賀

第二章では写真界で高い評価を得ている石内都の初期作品を中心に考察する。

客体（＝被写体）を常に必要とする写真という視覚芸術において、石内は対象の〈身体〉をどのように表現しているだろうか。初期作品に顕著な性的身体の欠如から、その後一気に身体を前景化した作品へと転向する契機に、横須賀におけるアメリカの存在があると考えている。本章では、日本の内部にありながらアメリカとの〈国境〉を有する特殊なトポスである神奈川県横須賀市を舞台とした石内都のデビュー写真集『絶唱、横須賀ストーリー』（一九七九年）と『YOKOSUKA AGAIN 1980-1990』（一九九八年）、『CLUB & COURTS YOKOSUKA YOKOHAMA』（二〇〇七年）を分析対象の中心に据えて、軍事基地の存在が横須賀に強いる過剰な身体性と、その反動としての石内作品における身体性操作のありかたを検証する。閉塞感が色濃く漂うと評される石内の初期作品群と、その後の女性性の呪縛から一気に解放されたような作品展開の意味するところを、横須賀の場所性、ジェンダーの問題、母娘の関係を織り交ぜて考察する。結論からいえば、石内は写真を撮るという行為を通じて「横須賀」と「母」から受けた「傷」と向き合い、選択の余地なく付与された自分のなかの女性性と深く切り結ぶことになるのである。その経緯をアメリカが写真家に及ぼす影響に注意しながら、詳細な作品分析によって読み解くのが本章の狙いである。まずは石内都を簡単に紹介し主たる先行研究に触れたのち、石内の作品を語るときに重要な柱と考えられる「横須賀」と「母」の存在について、個々の作品を例に挙げながら検証する。

写真家・石内都

一九四七年、母の故郷である群馬県桐生市に生まれた石内都は、六歳のときに先に横須賀市に出稼ぎに出ていた父の六畳一間のアパートに転居し、以来一九歳まで家族全員で市北部の追浜という町に住んだ。父が勤めていたのは、進駐軍の自動車修理を扱う会社で、のちに日産自動車に吸収された。石内親子が住んでいた一角は、よそから移り住んできた人や犯罪歴のある住民が多い「スラム」[1]のような貧しい場所だったという。

本章で分析する『絶唱、横須賀ストーリー』（以下『絶唱』と表記）と続けて発表された『APARTMENT』、『連夜の街』は、石内作品の初期三部作と呼ばれ、少女時代を過ごした横須賀や、各地のアパート、元遊郭を中心に撮影された（一九七六〜八一年発表）。その後、同じ年に生まれた女性の手足のみを写した『1・9・4・7』（一九九〇年）や、身体に残る傷跡を写した作品集を発表。一九九三年には写真に関するエッセイを織り込んだ写文集『モノクローム』、一九九八年には十余年にわたって横須賀を追いつづけた『YOKOSUKA AGAIN 1980-1990』を刊行。二〇〇五年には日本代表として参加したヴェネツィア・ビエンナーレで母の遺品を撮った『Mother's』（二〇〇二年）を展示し、大きな反響を呼んだ。二〇〇七年には『CLUB & COURTS YOKOSUKA YOKOHAMA』、翌二〇〇八年には『ひろしま』を刊行。二〇一三年にはメキシコ政府の依頼を受け、メキシコが誇る画家フリーダ・カーロの遺品を撮った写真集『Frida by Ishiuchi』（二〇一四年）を発表。そのほか現在に至るまで数多くの独創的な作品を創出しつづけている。

石内の数ある受賞歴のなかでもとくに注目したいのが、一九七九年に写真界の芥川賞と呼ばれる木村伊兵衛賞を女性で初めて受賞したことである。(2) また二〇一三年には紫綬褒章を受章。さらに二〇一四年には写真界のノーベル賞といわれるハッセルブラッド国際写真賞を、日本出身者では濱谷浩（一九八七年）、杉本博司（二〇〇一年）に次いで三人目に受賞するという快挙を成し遂げた。このように石内は写真家として高い評価を得ており、世界各地で展覧会や講演会が開かれている。そして、石内は文筆の面でも才能を発揮し、多数のエッセイも発表している。

石内の「個的」な存在感と普遍性

石内の初期作品群は、写真家の「個的な[3]」記憶を印画紙に定着させる作業であった。写真研究者の清水穣は、『絶唱』が被写体として捉えたのは「彼女固有の真正の横須賀」であるとし、そこには石内の「「極私的な真正性（個人的記憶）」の痕跡」が認められると論じている。[4] 同様に美術研究者の笠原美智子は「石内都の写真にこめられるのは、その被写体の表面をいま、そのような形状にならしめた、記憶である[5]」と指摘し、石内が「「記憶」を写す写真家」（笠原 九九頁）と呼ばれる所以を語っている。石内が写しだす横須賀は、石内個人の特殊な記憶のなかに存在する風物の姿なのだが、彼女の「個的な」記憶に基づく作品が普遍的な共感を呼び起こすことに言及する論が多い。

初期作品をジェンダーの観点から論じるものには、美術批評家の土屋誠一の論考が挙げられる。土屋は『絶唱』に顕著な閉塞感の由来を横須賀の文字表記が与える印象の違いによって敷衍している。すなわち「横須賀」を帝国海軍の拠点と結びつけその男性性を強調する一方、「YOKOSUKA」をアメリカ占領後の横須賀と相関させるのである。土屋は、石内作品に色濃く漂う閉塞感は、石内が「横須賀」と「YOKOSUKA」の狭間でそのどちらにも帰属できず、身動きが取れない状態にあることのあらわれだと論じている。『絶唱』が描くのは、「横須賀」と「YOKOSUKA」の狭間にあって女性性が示唆される「ヨコスカ」なのである。[6]

目黒区美術館学芸員の正木基は、土屋が言及する閉塞感について全面的に否定はしないものの、『絶唱』には閉域からの解放の道筋が示唆されていることを論じている。正木は『絶唱』が横須賀南部の海岸風景で始まり終わっていることに注目し、「どん詰まり」に見える横須賀にも、南部には房総半島に続く海路が存在することを指摘する。[7]

本章ではこれら美術・写真研究者の先行研究を土台とし、横須賀市出身である私自身が同時代に体験した横須賀の姿、『絶唱』発表当時の流行歌、横須賀を代表する伝説的アイドル山口百恵の自伝や、横須賀を舞台にした映画なども援用しながら、石内の作品を検証する。本書は「横須賀」と「母」を結ぶ一本の線上にアメリカの存在を見出し、石内が両者から受けた「傷」を写真行為で定着させることによって傷を克服し、自ら女性として生まれ直すというプロセスを、日本の敗戦と関連づけて考察する。石内の個的な記憶を織りあげた「横須賀」作品が、「母」という結節点を経て、現在まで続く「ひろしま」シリーズの普遍性につながるところに、敗者が敗者のまま生き延びるという可能性を見出そうとするのが本章の主眼である。

横須賀の特殊性

石内都が写真家としてスタートする原点となった横須賀市は、神奈川県の南東部、三浦半島の中央に位置する人口約四〇万の中核市である。北に横浜市、南に三浦市、西に葉山町と逗子市に接し、東は東京湾、西は相模湾に面している。横須賀は近代日本が軍事力に猛進する様を体現した場所で、現在でもアメリカ海軍の基地と日本の自衛隊関連施設が市の重要な部分を占拠している。米軍に接収される以前は日本の帝国海軍の拠点が置かれ、製鉄と造船を中心に発展した日本の近代を象徴する場所である。JR横須賀線で横浜から南下すると、横須賀駅にさしかかる直前で車窓から目に飛び込んでくるのは、鉛色をした自衛隊の艦艇だ。横須賀に入ると、まずはものものしい艦艇がお出迎えをしてくれる。隣接する軍港への物資の積み下ろしが楽なように、段差がいっさい設けられていない横須賀駅で下車すると数歩先には横須賀港が開け、その前には春と秋にバラの花が咲き乱れる都市公園が整備されている。江戸幕府の招きで横須賀製鉄所や海軍施設建設に貢献したフランス人技師フランソワ・レオンス・ヴェルニー（一八三七〜一九〇八年）にちなんでヴェルニー公園[8]と名づけられたこの場所は、二〇〇一年に再開発される前は昼間でも薄暗く人気《ひとけ》が少ない場所であった[9]。眼前には海上自衛隊横須賀基地、そして地元では「ベース」と呼ばれている米軍横須賀基地[10]が左右に並んでいる。初めて訪れる人は、文字通り目と鼻の先に国境が存在することに驚くだろう。

横須賀が近代日本の方向性を決定づけた重要な場所だといわれる所以は、一八五三年に米国東インド艦隊のペリー提督[11]が黒船四隻を率いて東京湾浦賀沖に乗りつけ、久里浜海岸に上陸し武力を背景に開国を迫ったことにより、日本が長きにわたる鎖国を解いて開国する直接の契機となったことである。これ以降現在まで、日本とアメリカの関係には常に武力が介在することになる。

このような横須賀であるが、石内以前にもさまざまな写真家によってその姿がカメラに収められている。次節ではそのうちの代表的な作品を検証する。

男性写真家による横須賀の姿

帝国海軍時代の軍都横須賀を撮った写真は、土門拳が捉えた横須賀海兵団の訓練の様子（一九三六年）がよく知られている。[12] 丸刈りに裸足で白い短パン姿の少年兵たちがまっすぐ前を見据えて訓練に励む様子。きらめくさざなみを背景に訓練ボートで海洋に漕ぎ出す純白の訓練服姿の若者たち。炊事場で食事の支度に忙しい兵士の一群。セーラー帽をかぶり甲板で制服を手洗いする水兵たち。土門の撮る横須賀は、白い水兵服に身を包んだ青年たちの清々しい雄姿を写しだす（【写真5】）。

戦後の横須賀を撮った写真としておそらくもっとも有名なのは、東松照明の「チューインガムとチョコレート」（一九五八〜一九八〇年発表）と題された一連の作品であろう。[13] 土門の写真は日本兵の若々しい雄姿を象徴的に捉えたが、敗戦後に東松が撮った横須賀に日本兵の姿はもちろんなく、代わってアメリカ軍兵士たちに占領されている。東松の写真では軍人相手の歓楽街ドブ板通りが横須賀の換喩として表象され、侮蔑的な表情でレンズを睨む黒人兵の姿が下から煽るようなアングルで捉えられている（【写真6】）。ドブ板通りというのは通称で、正式な地名は横須賀市本町《ほんちょう》であり、まさしく横須賀の中心地である。ことあろうにその場所が軍人相手の歓楽街というのがなんとも皮肉だ。米兵はドブ板通りを本町の英語読みで "The Honch" と呼ぶそうだが、偶然の符丁か、"honch（hunch）" は俗語で性交を意味する。東松のカメラは、野卑な表情を浮かべた黒人兵が我が物顔で横須賀の中心部を闊歩する様を写しだし、黒人に対するステレオタイプ的なイメージを再生産している。

東松の写真でもう一枚注目したいのは、"PUT ON YOUR GIRL'S FACE"という文字で顔全体を隠された全裸の女である（【写真7】）。人種は不明だが、白い肌を晒し名前も顔もない女は誰とでも交換可能である。わたしでもあり、あなたでもあり得る裸の女は、米兵の性の対象にされている。ドブ板通りで撮られたこれらの作品で、敗戦後の横須賀のイメージが決定づけられたといえよう。

東松は一九六〇年代に日本各地の米軍基地周辺を撮影して回ったが、その原動力に「欠落感」があったと語っている。

名古屋で僕が住んでいたところの近くに旧日本軍の練兵場があって、そこが米軍に接収されて基地になってね。だから、アメリカ兵が近所をうろうろしているのを身近な風景として見ていました。その基地が、早い時期に返還されたことで、その欠落感がバネになって、他の基地を撮り始めるようになった。[14]

基地が日本に返還されたことで東松が抱いた「欠落感」とはどのような感覚であろうか。欠落は喪失とは別物だ。米軍が去ってはじめて東松の意識にのぼった欠落感の内実は、アメリカ兵士たちに見たそれまでの日本にはない明るさや開放性ではなかろうか。東松の「占領」シリーズは、つかの間アメリカから持ち込まれたものの、基地返還後にその場から消えうせたアメリカ文化の開放性を追い求めたものだと考えられる。写真研究者でサンフランシスコ近代美術館の元シニア・キュレーター、サンドラ・S・フィリップスの論によると、東松の「占領」シリーズは、「兵士の残忍さや図々しさ、奇妙さや違和感だけでなく、彼らが謳歌し、周囲の者にも分け与える自由の感覚を記録」したものである。[15]フィリップスは、東松をはじめとする日本の男性写真家たちが黒人兵に「つきぬ興味」を覚えていたことの背景に「たんなる異国興味ばかりでなく、アメリカの平等主義の象徴、ジャズ文化の昂奮を認めて、好奇心と羨望の入り交じる思い」（フィリップス 一〇五頁）を抱いていたと指摘する。

撮影　土門拳

【写真５】「横須賀海兵団の訓練」

© Shomei Tomatsu - INTERFACE

【写真６】
〈チューインガムとチョコレート〉
神奈川・横須賀市、一九六六年

© Shomei Tomatsu - INTERFACE

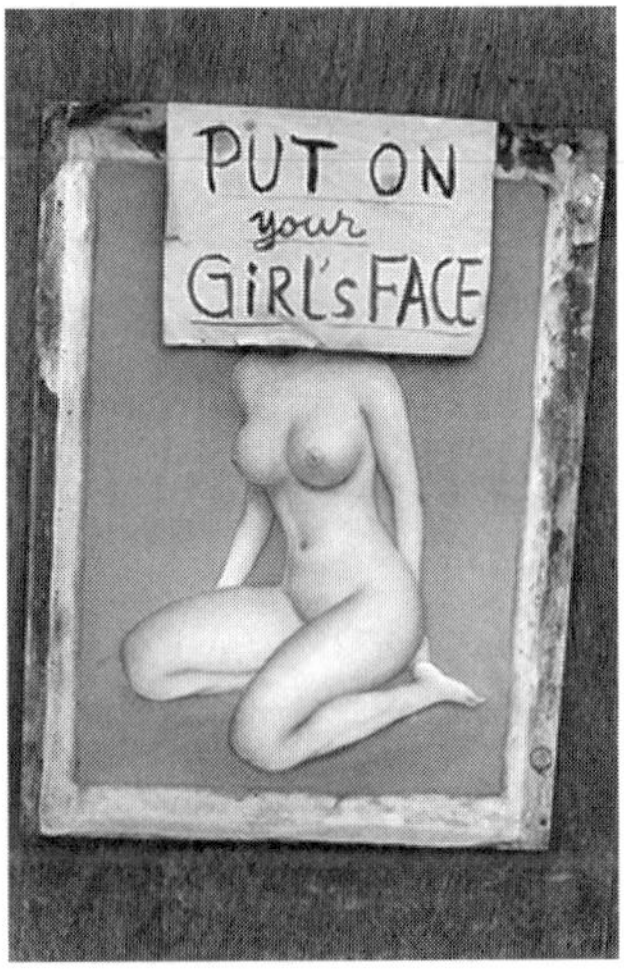

【写真７】
〈チューインガムとチョコレート〉
神奈川・横須賀市、一九六七年

第二節　石内都の「横須賀ストーリー」

翻って石内は、東松ら男性写真家によって表象された戦後の横須賀の姿に異を唱える。

私の横須賀はこうじゃない、と思ったの。で、みんな横須賀を撮っても、ドブ板通りを撮ってるんですよ。あれが横須賀、じゃない。あれはアメリカ。私は「あそこはアメリカだ」って育ってるから、あそこを横須賀だと言って撮ってる人は違うと思った。(16)

石内も横須賀に押し寄せるアメリカの波に開放的な魅力とまぶしい憧れを感じながらも、他方そこに敏感に「性的な臭い」を感じとり、「何とも言えない嫌な感じ」を抱く。

やっぱり、アメリカというのは光輝いているわけですから。だけど私にはそれが魅力的に感じられなかった。どこか怖いというか、どこか性的な臭いみたいなものをすごく感じていたんです。基地から知らない臭いが、何とも言えない嫌な感じというのを感じていました。(17)

性別による認識の違いと簡単に言い切ることはできないが、石内の文章からは、東松照明や作家の村上龍が米軍基地に抱いていた印象とは明らかに異なる反応をうかがい知ることができる。

笠原美智子は、東松と石内の横須賀表象の相違について、石内の家族が当時経済的に苦しかったことと、石内が横須賀に「憎悪」ともいうべき違和感を抱いていたことを挙げ、それが「ひとりの「個人」として、基地の街に引き寄せられていった、東松照明や森山大道との違いである」(笠原 九六頁)と論じている。この指摘で重要視したいのは、第一章で論じた水村美苗の場合と同様に、石内もいやおうなしに親の都合で見知らぬ土地に移動させられた子どもだということである。東松の作品や、次章で論じる山田詠美の作品にある種の余裕を感じるのは、個人の選択肢の有無に起因するのだろう。東松や山田の作品とは対照的に、水村や石内の作品には、選択の余地なく当事者になってしまった衝撃と葛藤が、悲壮感を交えて色濃く噴出している。石内は「横須賀の中のアメリカ」ではなく「真正の横須賀」を切実に追い求めるのである。

石内が写真を撮り始めたのは偶然からであった。美術大学で織物を専攻していた石内は、同居していた友人から写真道具一式を譲り受けたことをきっかけに、独学で風景などの抽象写真を撮るようになる。名前が都だからという安易な理由で、友人から岩手県宮古市の写真を撮るよう勧められ実際に足を運ぶが、「自分とは何の関わりもない町」ではシャッターを押すことができず、駅の待合室で困り果ててしまう。そのとき天恵のように、石内にとって「一番嫌いで二度と行きたくない町」である横須賀が脳裏に浮かんだのである。

横須賀は私の傷みたいな、憎悪、嫌悪の町。写真を撮るのに、好きなものを撮るのは普通なので、私は嫌いなものを撮ろうと思った。[18]

敵は誰だかわからないけど、仇を討たなきゃいけないと思って始めたのが、『絶唱、横須賀ストーリー』シリーズ。（石内・原田 一六八頁）

写真家としての原点と位置づける横須賀の何が石内にそれほどまでに強烈な感情を植えつけたのか。仇討ちは単に戦勝国アメリカに向けられただけではないはずである。私はそこに母の存在が介入していると考えている。アメリカを仲立ちとして横須賀と石内の母を結びつける要素が存在するからだ。以下に順を追って検証しよう。

一九六六年、一九歳の石内は、アメリカ軍人と婚約中の友人に誘われてはじめてEMクラブ内の映画館に入った。EMクラブ（Enlisted Men's Club。米軍下士官クラブ）は明治三五年に旧帝国海軍下士官兵集会所として設立されたが、敗戦後駐留軍に接収された軍関係者のための社交場であった[19]。石内はそこで「何とも言えない不安感におそわれて思わず動揺[20]」する。EMクラブで石内に何が起こったのか。

何が始まったのかわからなかった。

突然、満員の劇場が水をうったように静まり、人々が起立をしたのだ。スクリーンいっぱいに旗が映し出され、音楽が鳴り響く。隣にいる友人の婚約者を見ると彼はたなびく旗に向って最敬礼をしていた。その時、私は身のおき場のない不安感と、思いがけない動揺をどうすることも出来ないまま、ただボーッとはためく星条旗のスクリーンを見つめ、アメリカ国歌を最後まで聞いていたのだった[21]。

石内が写真家となる契機となったのが、このときに覚えた違和感だった（石内（c）八四頁）。それまでは陽気に談笑していたであろう若者が、突然兵士の顔になった瞬間の不気味さ。普通のアメリカの若者が、突如として占領軍の軍人に変貌した瞬間を、石内は衝撃をもって目撃したのである。まさに「境界的出来事」がこのとき石内を襲ったのである。石内が感じた不安と動揺の正体を、以下で『絶唱』のなかに探っていきたい。

©Ishiuchi Miyako

【写真 8】「絶唱、横須賀ストーリー #30」

絶唱する写真

石内がデビュー作の表紙に選んだのは、ドブ板通りに向かうカップルの写真である（【写真8】）。カメラに背を向けて歩く二人の頭上には賑やかな万国旗がはためいているが、週末の繁華街だというのに二人の他に人影はない。夕日に照らされたカップルの足下からは撮影者に届く長い影が伸びている。威嚇するようにカメラを睨みつけていた東松のアメリカ兵とは違い、写真のカップルは石内と視線を交えることはない。まるで撮影者が被写体と対峙することを避けているような一枚である。

©Ishiuchi Miyako

【写真 9】「絶唱、横須賀ストーリー #5」

表紙をめくるとまず目に飛び込んでくるのは、葦が揺れ白波が立つ冬の野比海岸の風景である（【写真9】）。土屋誠一はこの写真を「既に終わってしまった世界のよう」（傍点原文）（土屋 八頁）だと評しているが、写真とは本来「終わってしまった世界」[22]の残像である。野比海岸は横須賀市南部に位置し、写真奥にかすんで見えるのは浦賀水道を挟んだ対岸の房総半島である。野比海岸は、一九七〇年代には地元の家族連れが砂浜で遊ぶ姿をよく目にする浜辺として記憶しているが、石内の切り取った海岸は荒涼としており、吹きすさぶ風の音が耳に突き刺さるようだ。背の高い葦が邪魔をして波打ち際への視線が阻まれている。石内はこの寒々とした横須賀市南部の海をデビュー作の一ページ目に据えたのである。石内の捉えた野比海岸は、はたして何の終わりを示しているのだろうか。

久里浜にある自衛隊宿舎を撮ったもので、先はどん詰まりである（【写真10】）。道（未知）の先が行き止まりになっており、なかをうかがい知ることができない。この写真のほか、『絶唱』には民間人の立ち入りが制限された場所が多く写されている。

高台にある防衛大学校の入り口で撮られた一枚である（【写真11】）。石内自身によって付せられたコメントには「横須賀の街が丸見えだ」とある。眺望が良いとはいわずにあえて「丸見え」という言葉を選んだところに撮影者の心理が反映されている。いずれは自衛隊や防衛省の幹部になるであろう防衛大学校の学生たちの視線に、横須賀市民ははたして守られているのか、それとも監視されているのか。

安浦の写真（【写真12】）のほか、皆ヶ作、上町の遊郭跡を石内は多く撮っている。タイル張りの建物や壁の染みが印象的である。タイル、染みといったモチーフは、後続の作品に繰り返し登場する。長瀬はペリー提督が上陸した久里浜海岸に隣接する場所である（【写真13】）。右奥には東京電力横須賀火力発電所の発電塔が二機見える。横須賀火力発電所は一九六〇年に運転を開始し、一時は世界一の発電力を誇っていたが、設備老朽化のため二〇一〇年に運転を停止した。そのわずか一年後の二〇一一年三月に東日本大震災が発生し、電力不足の懸念から急きょ操業が再開された。この写真が撮影された一九七〇年代、発電所はフル稼働していたはずだが、写真の光景は不思議にも震災後の残

©Ishiuchi Miyako

【写真 10】「絶唱、横須賀ストーリー #9」

©Ishiuchi Miyako

【写真 11】「絶唱、横須賀ストーリー #24」

©Ishiuchi Miyako

【写真 12】「絶唱、横須賀ストーリー #42」

©Ishiuchi Miyako

【写真 13】「絶唱、横須賀ストーリー #89」

©Ishiuchi Miyako

【写真14】「絶唱、横須賀ストーリー #98」

像のような荒廃した様子を見せている。

横須賀火力発電所はその後二〇一七年三月三一日をもって全面的に操業を停止するはずだったが、二〇一九年に東京電力フュエル＆パワーと中部電力が共同出資して設立したＪＥＲＡパワー横須賀合同会社が同敷地内に新たに石炭火力発電設備二基の建設に着手。一号機は二〇二三年の運転開始を予定しており、エネルギーの脱炭素化が進む時代の流れに逆行してふたたびこの地で石炭火力発電が行われようとしている[23]。

ドブ板通りから坂を上った坂本町でどこからともなく少女が駆け出してきた（【写真14】）。出来事が生起する瞬間を石内のレンズが捉えている。石内の写真行為は予測不可能なものごとの作用主体性（エージェンシー）を喚起する。見る人に緊張を強いる写真が多いなか、ページをめくった瞬間に目に飛び込んでくる少女の屈託のない笑顔が愛らしく、読者は束の間ほっとするだろう。子どもの頃の自分を見ているような気を起こさせる石内の写真は、前述の笠原が指摘するとおり、人の記憶を召喚する力をもつ。『絶唱』には少女が多く登場することに注目したい。

全一〇七枚を収めた写真集の最後の六作品は海の風景で締めくくられている。最初も海、終わりも海の構成だ。夏には海水浴客でにぎわう横須賀の海も、石内の写真では波が黒く寒々としており、極端に傾斜した構図が不安定感を増幅する。

『絶唱』の特徴は、不穏な印象と緊張感に満ち、荒涼として「終わってしまった世界のような」（土屋 八頁）風景が多いこと。そしてドブ板通りの歓楽街やＥＭクラブの内部が写されていない、ということだ。ＥＭクラブで受けた「傷」を契機として写真家になったと語る石内だが、『絶唱』では肝心の現場を回避しているのである。その理由を石内は次のように話している。

《絶唱・横須賀ストーリー》のときには、やっぱりドブ板は撮れなかったから。歩いちゃいけないところだったから、やっぱり歩けないんだよ、怖くって。（石内都インタヴュー）

強姦なんて日常茶飯事。全然報道もされない。でも女の子はそういう性的なことに敏感じゃない？　横須賀の町は私に女性性を教えてくれたのね。（石内・原田 一六八頁）

横須賀は少女時代の石内に性的存在としての女という認識を植えつけた。

横須賀に対するわたしの違和感というのは、基地の街というのと、自分が女性であるということ。だって、ちっちゃいとき、自分が女である意識なんて、普通は持てないですよ。でも、周りが私を女だよって言っている。そういう妙な感受性があったから、性に対する感受性がすごく強かった。恐いなっていう、おそれがあった。（石内（a）二八〜二九頁）

ここで注意したいのは、男性写真家がドブ板通りを横須賀として表象するのに異を唱えた石内であるのに、彼女自身の意識のなかでも、ドブ板通りが横須賀の比喩として通用しているということだ。物事を否定することは、その認識を消去することにつながらない。むしろ否定によって物事は認識の俎上に載せられる。ドブ板通りに代表される横須賀、つまり「アメリカ」が石内に強要する女性性は、人としての自尊心を育む類のものではなく、長く「傷」として石内の心に残ることになる。石内に強要された女性性とは、商品となる身体を有するということである。

商品価値が自分の体にある、売れる、と思ったときのショック。モノか、これは、っていう。（石内（a）一〇九頁）

©Ishiuchi Miyako

【写真 15】「絶唱、横須賀ストーリー #64」

このような石内の心情をよく表していると思われる一枚に、次に紹介する写真がある。前述の無邪気な笑顔の女の子もこの写真の子どもも、同じ坂本町で撮られている。

うつむいた子どもの頭上にのし掛かるように大きくスペースを取って、扇情的なポルノ映画の看板が写しだされている（【写真15】）。フォーカスはむしろ看板の方にある。ここでは子どもの姿が商品としての性と直列するように配置されている。この写真には、子どもの頃に群馬から移り住んだいわばまれびととしての石内が、性と暴力が氾濫する横須賀の町で突如性的存在として規定されてしまったことへの戸惑いと憤りを表出しているように見えてならない。「アメリカ」ではない横須賀を石内は探し求めたが、結局そんな場所は存在しないのか。石内はのちに「道具としてのからだ。仕事としての性交。女であることはいつだって外側から意表をついて直撃する」（石内（d）六二頁）と語っているが、この写真はまさに「外側から意表をついて直撃する」事件の到来を暗示するものと受け取れる。

横須賀で受けた「傷」は「おぞましい光景として深くきつく、確かな痕跡として」[24]石内の心に長くわだかまりつづけた。このことは、しかし、石内がことさら性に対して過敏だったからというわけではないかもしれない。というのも、一九三五年生まれの亡父から私がよく聞かされたのは、ドブ板通りは昼夜を問わず成人男性でも気楽に歩けるようなところではなく、若い時分に肝試しに行くような場所だったということだ。私自身も高校を卒業する一九八〇年代半ば頃まではこの界隈に足を踏み入れたことがなかった。いまでは当時の影が払しょくされすっかり観光地化されたが、少なくとも一九八〇年代中頃まで、ドブ板通りを歩くことは、横須賀育ちの若者にとってある種の通過儀礼だったと言ってよい。

石内が横須賀に強い嫌悪感を抱きながらも、最初の被写体を求めてこの地に舞い戻ったのは、横須賀のありかたを通して自分の身体と性を見極める意図があったはずだ。だが興味深いのは、初期三部作の一つ『連夜の街』で石内は横須賀を含む全国の赤線地帯を撮影しているのに、被写体は建物が中心で人間の身体が写されていないという点である。初期作品に顕著な特徴の一つは、性的な身体の不在である。これは前章で論じた水村の作品とも通底する特徴である。ここに石内が受けた「傷」の大きさ、「横須賀」と「YOKOSUKA」の間で身動きが取れない「ヨコスカ」（土屋 六〜九頁）の身体をもてあます石内の苦悩が推し量られる。先に述べた「終わってしまった世界」とは、女性性を意識することなく生きていられた無邪気な子ども時代、「傷」を受ける以前の自分の喪失と言い換えることが

©Ishiuchi Miyako

【写真 16】「絶唱、横須賀ストーリー #106」

できるのではないだろうか。(25)

ここで先ほども触れたように、『絶唱』の最初と終盤の数枚が海の写真で始まり終わっていることの意味をあらためて考えたい。中心部に緊張感と閉塞感に満ちた作品を多く配しながらも、始まりと終わりに海の写真を配置することによって、『絶唱』には狭隘ながらも解放への道筋が看取できるのである。なかでも目を引くのが、上の久里浜港の作品である（【写真16】）。対岸の千葉県金谷と横須賀市久里浜との間を往復する東京湾フェリーがぼんやりと写っている。久里浜は既述の通り、幕末にペリーが来航したまさにその場所である。軍関連施設や工場が集中する市北部・中央部に対して、横須賀市南部の海は昔も今も外洋に開けているのである。

石内は『絶唱』発表から数年後にドブ板通りで自作の展覧会を催すのだが、会場で流された曲の一つに、ダウン・タウン・ブギウギ・バンドの「港のヨーコ・ヨコハマ・ヨコスカ」があった。一九七〇年代にヒットしたこの曲は、盛り場で働いていたヨー

©Ishiuchi Miyako

【写真 17】「絶唱、横須賀ストーリー #111」

コという女の後を追って、以前の客とおぼしき男が横浜から横須賀まで繁華街を訪ね歩くという歌詞なのだが[26]、曲の最後に汽笛の音が挿入されていることに気づいた人はいるだろうか。私はかねてからこの音が、久里浜から金谷へ向けて出港するフェリーの汽笛だと思っていた。横浜のきらびやかな繁華街から横須賀の場末の飲み屋へと追われるように流れたヨーコは、男に見つけ出される直前に、久里浜港からフェリーに飛び乗り房総半島に活路を見出したのだと想像される。石内自身がこの汽笛の音に気づいていたかどうかは不明だが、石内の本名がヨーコ（陽子）であることを考え合わせると、偶然であったとしても興味深い符合だ。ヨーコは交換可能な女のメタファーだ。船で逃げたヨーコはわたしだったかもしれないし、あなただったかもしれない。偶然と必然、撮る人と見る人の無意識を引きだす力を石内の写真はもっている。

　写真集最後の長沢を撮った作品（【写真17】）が写しだすのは、建物を手前に配した浜辺の風景である。極端に傾いた構図が不安と寂しさを増幅するが、建物に引かれた電線が人の営みを示し、どことなく懐かしさを醸しだす風景でもある。【写真9】のように波打ち際が葦で遮られることもなく、眼前には海が開けている。建物の背後に光の存在が感じられ、屋根が発光しているように見える。石内は、探し求めた「真正の横須賀」（清水 一〇三頁）の一片をこの南部の小さな浜辺に見つけたのかもしれない。

ドブ板からの解放

『絶唱』刊行から四年後の一九八一年、石内はいよいよドブ板通りに乗り込む。つぶれたキャバレーを借り切って「From Yokosuka」という展覧会を開き、撮りたての写真をその場で現像し、翌日すぐに展示するという斬新なイベントであった。このときから一〇年以上の歳月をかけて石内は因縁のEMクラブを撮影する機会を得て、その成果を写文集『モノクローム』（一九九三年）、写真集『YOKOSUKA AGAIN 1980-1990』（一九九八年。以下『YOKOSUKA AGAIN』）と『CLUB & COURTS YOKOSUKA YOKOHAMA』（二〇〇七年、撮影期間一九八八～一九九〇年。以下『CLUB & COURTS』）として発表する。デビュー作『絶唱』との違いに留意しながら、気になる作品を見ていきたい。

【写真 18】「EM Club#1」

EMクラブの外観である（【写真18】）。立派で堅牢な建物が高い壁で遮られている直線的な写真である。このときすでに内部は崩壊寸前ボロボロなのだが、外からはその様子をうかがい知ることはできない。EMクラブについて石内はこのように語る。

アメリカ軍の基地の外であったにもかかわらず、この建物だけは異様に光り輝く異国だった。アメリカ文化のすべてが凝縮されて詰まっていた場所である。（石内（d）四一頁）

ドブ板通りの北端にそびえていたEMクラブは、基地の外にありながらアメリカそのものだった建物である。一九八三年に日本に返還された後、一九九〇年には老朽化のため解体された。石内が意を決して乗り込んだEMクラブだったが、現在は残された写真と当時を知る人の記憶のなかだけに存在することとなった。

一度だけ連れられて行ったEMクラブに、ある種の傷を負っ

【写真 19】「EM Club#19」

たのだと思う。その傷がいつか写真になった。傷も写真も時間の痕跡だとしたら、私の写真は傷そのものかもしれない。

（石内（d）四一頁）

石内が最初にEMクラブを訪れてからこのときまでに二十余年の月日が経っていた。写真を撮影するには被写体と向き合う心構えを必要とする。被写体と撮影者の間に取られた適切な距離が一瞬の時間を印画紙に定着させる。全一な世界から任意の被写体を切りだす行いは、発話行為とも比せられる。石内が「傷」の根源と対峙し言挙げできるようになるまでには、これだけの歳月を要したのである。

【写真19】はEMクラブ内のホールを撮ったものだが、見たところ天井に照明はない。部屋の大きさに比して天井が低く押し迫ってくるようで、圧倒的な威圧感と閉塞感を覚えさせる。『絶唱』よりもむしろ『CLUB & COURTS』や『YOKOSUKA AGAIN』に閉塞感が強いのではないだろうか。

威圧感や閉塞感は横須賀という風土に通じる感覚といえよう。山口百恵の「横須賀ストーリー」（一九七六年）に歌われたとおり、坂を上るとたいていどこからでも海が見えるのは、平地が少ない半島で山が海岸線ぎりぎりにまで迫っているためだ。本来海というのは、波が引いては寄せ、寄せては引き、陸と海の境界が曖昧な場所のはずだ。また海路は陸と陸を結びつける役割も果たす。しかし軍事基地という人為的な壁は、海のもつ開放・解放性を遮断し境界を確定する。[27] 横須賀市北東部の海は軍関連施設によって占有される戦争の現場である。だがここで強調しておきたいのは、石内の作品は報道写真でも記録写真でもないということだ。[28] 作品に充満する閉塞感の隙間から滲み出る独特の郷愁と抒情は、すでに『絶唱』の項で述べたとおり、ある種の希望とカタルシスの現出であるといえよう。

【写真20】はEMクラブ内の映画館の入り口だと思われるが、ガラスに描かれた電話番号は横須賀のものではない。まさに横須賀のなかに存在するアメリカである。

【写真21】が問題の映画館の内部である。この因縁の場所をふたたび訪れたとき、石内の脳裏をかすめたのはどのような思いだったのか。傾斜する水平とでもいうべき、奇妙な空間のゆがみを感じさせる写真である。扉を開けておかなければ撮影者は安心できなかったのだろうか。一カ所だけ開いたドアから光が差し込んでくるのが印象的だ。差し込む光はかつての栄華の象徴か、はたまた再生への願いが込められているのか。見る人の想像力を刺激する多義的な作品である。

壁から扉から全体に植物模様の壁紙がびっしりと張りつけられていて、過剰な装飾に息が詰まりそうだ（【写真22】）。このような装飾がＥＭクラブから周辺の飲食店街にあふれだしている。繁茂する植物のメタファーについてはのちに言及する。

ドブ板通りにある飲食店の内部を撮った写真である（次ページ【写真23】）。先のあくどい装飾と同様、ここでもけばけばしい装飾が目につく。横須賀では「過剰」がキーワードだ。過剰に性化（sexualize）された空間、圧倒的に男が多い町の極端な攻撃性、暴力と戦争が常に核として在る町の不穏な空気

©Ishiuchi Miyako

【写真 20】「EM Club#8」

©Ishiuchi Miyako

【写真 21】「EM Club#17」

©Ishiuchi Miyako

【写真 22】「EM Club#28」

©Ishiuchi Miyako

【写真23】「Yokosuka Again#15」

――すべてにおいて過剰な町では、当然女性も過剰な性の提供を求められる。

ＵＳＳミッドウェーの文字が見える（【写真24】）。空母ミッドウェーはベトナム戦争、湾岸戦争に参加し、一九八〇年代に横須賀を母港としていた軍艦である。横須賀は世界最強といわれる米国海軍第七艦隊が母港として駐留しており、各地に向けて軍事活動に出航している。世界最強ということはすなわち最大級の危険と背中合わせということであり、それだけ敵の標的にもなりやすい。横須賀に戦後はなく、常に臨戦状態にあることは強調してもしきれない。

【写真25】はドブ板通りで撮られた一枚だ。アメリカ人兵士の姿が見える。注目したいのは、看板のＸの文字だ。石内が撮る横須賀の写真にはＸ印が多く登場する。次の二枚もその例である。【写真26】はドブ板通りにあるバーの内部を写したものだが、不穏な雰囲気を醸しだす連合国海軍（アメリカ南北戦争時の南軍）の艦首旗が壁に貼られている。横須賀に駐留する米兵たちはこの旗にどのような思いを抱くのであろうか。【写真27】はＥＭクラブの内部である。謎のＸが視線と通行のアクセスを禁じている。Ｘの向こうには未知の世界が広がっている。

©Ishiuchi Miyako

【写真 24】「Yokosuka Again#21」

©Ishiuchi Miyako

【写真 25】「Yokosuka Again#8」

©Ishiuchi Miyako

【写真 26】「Yokosuka Again#20」

©Ishiuchi Miyako

【写真 27】「Yokosuka Again#54」

これらに感じられる、戦争へ直結する「不穏」こそまさに私の記憶のなかで核をなす横須賀のイメージである。二〇〇〇年代にはすでにドブ板通りを含めて横須賀は明るく清潔な町に変わり、今も不穏な空気がどんどん不可視の領域に追いやられている。だが町の明度は増しても、不穏の痕跡は確かにどこかに潜んでいるはずだ。私は石内の作品にいまや横須賀に見られなくなった懐かしい不穏を見つけ、非常な感慨を覚えた。不穏に包まれて育った子どもは、禍々しさのなかにも郷愁を抱く。

写真には撮影者すら意識しえない場所の記憶が写り込む。それはあたかも場所が写真を媒介として自分語りを始めるようだ。写真によって可視化された場所の記憶に、見るものの心が感応する。

【写真28】【写真29】はドブ板通りから少し離れた若松町の飲食店街で撮られた海上自衛隊の隊員の写真である。土門拳が撮った清々しい海軍兵の写真となんとも対照的で黒々とした作品である。点呼の場面だろうか。夜の町で男性隊員が整列する姿が異様だ。

【写真30】は本町ドブ板通りで撮られた一枚。男たちの背後には、裸の女が描かれた飲食店の入口が見える。【写真31】は暴走族風の男たちを正面から撮った作品だ。注目したいのは、『絶唱』と違い『YOKOSUKA AGAIN』では被写体がレンズに真っ直ぐ視線を向けていることである。言い換えれば、撮影者は確固たる意志をもって被写体と向き合っているということである。視線と視線の応酬にたじろがない撮影者の決意の強さが『YOKOSUKA AGAIN』には感じられるのである。

次ページ【写真32】はドブ板通りにあるバーの壁面を撮ったもので、タイル張りの壁に手書きで「歓

©Ishiuchi Miyako

【写真 28】「Yokosuka Again#32」

©Ishiuchi Miyako

【写真 29】「Yokosuka Again#33」

©Ishiuchi Miyako

【写真 30】「Yokosuka Again#41」

©Ishiuchi Miyako

【写真 31】「Yokosuka Again#40」

©Ishiuchi Miyako

【写真 32】「Yokosuka Again#35」

©Ishiuchi Miyako

【写真 33】「Yokosuka Again#55」

迎　海上自衛隊」"WELCOME U.S. NAVY"という文字が見える。歓迎の文字が躍る【写真32】から一転して、【写真33】は米軍関係者の立ち入りを禁止する文字が英語で書かれている。このような看板を現在でも横須賀市内のあちこちで目にする。これらの写真には、横須賀が抱くアメリカへの両義的な感情があらわれている。一方では歓迎のWelcome、他方では立ち入り禁止のOff limits。「性の防波堤[29]」の範囲が文字によって規定されている。わたしはいま境界のこちら側にいるのか、あちら側にいるのか。立ち位置の確認を迫る感覚が石内の写真には顕著である。それはのちに述べるように、石内が抱く母への感情にもうかがえる。

先に【写真12】でも触れた安浦町で撮られた一枚である（【写真34】）。柱から毒々しい色を見せて垂れる液体は血液のようにも見える。この一帯は一九七〇～八〇年代、私が親に出入りを禁じられていた場所である。現在は高層マンションや大型の商業施設が建ち並ぶようになった。以前このあたりはそばを走る京浜急行電車の車窓から東京湾がよく見え、天気によって色を変える海を見ながら通学したものだが、いまや林立するマンション群がすっかり視界を遮ってしまった。駅の名前も「安浦」から「県立大学」に変えられイメージが一新された。この界隈は今村昌平監督の映画『豚と軍艦』（一九六一年）の舞台となった地域である。横須賀には安浦以外にも、山口瞳の『血族』（一九七九年）に詳しく書かれた柏木田や、石内の通学路沿いにあった皆ヶ作など、帝国海軍時代からの遊郭がいくつも存在した。横須賀で育った子どもは出入りを禁じられた場所が多くあり、そのような環境で思春期を迎えたものである。その感覚ははたして現代の横須賀の子どもたちにも共有されているのだろうか。

©Ishiuchi Miyako

【写真34】「Yokosuka Again#39」

横須賀は石内にとって「屈辱と汚名に満ちあふれたコンプレックスな風情を内包した土地[30]」である。自分の「恥」(石内(d)一七一頁)のような横須賀から目を背けることなく、赤線地帯を含めて徹底的に撮りつづけることで、石内は自分自身が「固有の名詞から離された女のからだを持つ一人」(六九頁)であるという認識を得るに至る。あり得たかもしれない別のわたしの人生を想起させる石内の写真は、複数の女たちの記憶を凝集させる。固有の名詞をもたないことは、匿名性にも普遍性にも通じるのである。女性性に対する嫌悪の気持ちを強く抱いていた石内が、横須賀の写真を撮るなかでこの認識に至ったことは重要である。というのも、この認識の転回・展開によって、これまで否定的に見ていた母親を違った視線で見ることが可能になったからである。

先に挙げた、壁に守られた荘厳な【写真18】とは対照的に、【写真35】は蔦に覆われて崩壊寸前のEMクラブである。なかに入ると、天井から剝がれたペンキが無数の「皮膚」のように垂れ下がっている。無生物であるペンキの「皮膚」が作用主体性(エージェンシー)をもち、時を経て変態する。当時の横須賀を石内は「妙なエネルギーだけが日常の糧のようにあった場所」(三三頁)と回想しているが、この写真が伝えるEMクラブの姿は、次に述べるように横須賀のもう一つの過剰を表しているように見える。

思うに、横須賀のもつ「妙なエネルギー」や「不穏さ」は、荒々しい生命力にも通じるのではないだろうか。たとえば【写真36】は、崩れかけたコンクリートの大きな壁を呑み込むように繁茂する植物が印象的な作品である。横須賀のあちこちに写真のような場所があり、熱気を帯びた草いきれを発散している。潮風が運ぶ湿気と繁茂する緑。どこか【写真22】の室内の植物装飾と通じる過剰さがある。人為的に作られた壁という物質を乗り越え、飲み込み、繁茂する植物の物質との共存・共生のありかたが印象深い。

京急電車で横浜市の金沢八景駅を過ぎ、横須賀市の追浜に入るあたりで風景が一変する。追浜は石

©Ishiuchi Miyako

【写真 35】「Yokosuka Again#52」

©Ishiuchi Miyako

【写真 36】「Yokosuka Again#3」

内が少女時代を過ごした場所である。

追浜は、横須賀の一番北、どんづまりなわけね。隣は、横浜の金沢八景だけど、横浜と横須賀とではぜんぜんちがっている。（石内（a）二七頁）

横須賀が臨戦状態の町であるということは、死と生が常に隣りあわせであるということにほかならない。死に近ければ近いほど生の強度が増し、周囲に発散するのではないか。

要するに、もともとあそこは戦う街なんだよ。それは、いちばん死に近い。（石内（a）四五頁）

石内の写真は、死に再生をもって立ち向かう行為といえるだろう。

死者がいっぱい出るということについては、なにか傷を受けたような気がしているの。だから傷を受けたものの敵を討って、傷を治すということにはならなくても、仕返しみたいなことをしたいなということはあった。それは別に、暗いとか醜いとかではなくて、発表していくということね。（石内（a）四五頁）

ドブ板通りに踏み込みEMクラブの内部を写真に収めて以降、石内は横須賀との対決に一応の区切りをつける。

奥深く取り付いていた残酷なる想い、とでも言うような横須賀は、あの真白い数百枚の印画紙に黒々とはき出してしまった。（石内（b）七六頁）

横須賀への憎しみが昇華して愛しさへと変わってゆく。

ざわざわした気色の悪さが景色に染みて、記憶が写真に蘇る。いつしか傷跡は変貌し、カタキは討つ意味がなくなり、憎しみは愛しさへ。（石内（e）六三頁）

その後の石内は被写体として人間の身体と、身体に残る傷跡、さらにはかつて身体を包んでいた遺服を撮るようになる。その変遷のなかでとくに重要なのが、石内の母の傷跡と遺品を撮った『Mother's』という作品群である。次節では石内の母と横須賀との関係について迫ってみたい。石内が抱く母への気持ちのなかに、石内がすっかり克服したと語る横須賀への鬱屈した感情と傷の疼きが依然としてくすぶっているのが看取できるからである。石内にとって「横須賀」と「母」とは並立する問題系だ。作品を発表することを通じて変化する石内の母に対する心情には、当初横須賀に抱いていた憎悪が愛情に昇華するのと同じ軌跡を見ることができる。不穏な横須賀の正体を見極め、「傷」が「傷跡」に変わるまでには、まだしばらくの猶予を必要とする。

第三節　二人の石内都

私にとって重要なのは、撮影された肉体が、つけ足しの光によってではなく、その本来の光線によって私に触れにやって来る、という確かな事実なのである。

（それゆえ、いかに色あせていようと、「温室の写真」は、私にとって、その日、少女だった母から、その髪から、肌から、衣服から、まなざしから、発せられていた光線の宝庫なのである。）

（ロラン・バルト『明るい部屋　写真についての覚書』）

石内都は二人存在する。写真家石内都は本名を藤倉陽子といい、「石内都」とは母親が結婚する前の名前であった。つまり石内は写真家としてデビューするにあたって、生前うまく関係を築くことができなかった母親の結婚前の姓名を名乗ったのである。写真家としての原点にこのような複数性（ダブルの存在）があることは重要である。そして石内都の名を世界に知らしめたのも、「石内都」の遺品を撮った作品群だということに注意したい。

「石内都」の人生は、小説が一冊書けるほど起伏に富んだ一生であった。ここに娘が母「石内都」の生い立ちを語る文章がある。長くなるが該当部分をそのまま紹介したい。

1916年（大正5年）北関東の村で、いとこ同士の2人の女の子が生まれた。一人は織物工場の娘で大切に親元で育てようと里乃（サトノ）と名づけられた。もう一人は没落農家の五女で都会へ出て働くように里乃の親が都（ミヤコ）と名づけた。やがて都は18歳で自動車の免許を取得、村から満洲までの切符を買って大陸へ出稼ぎに行く。満洲で結婚するが夫は徴兵されて戦地へ。村へ戻った都は免許を持っている人がほとんど戦地へ行ってしまった為、高賃金で人足2人を乗せて軍事物資をトラックで運ぶ仕事につく。村の近くの飛行場に学徒動員で赴任してきた清と知り合い、やがて終戦となる。

都は大学へもどった清の学資を援助しながら、清が卒業すると村で一緒に住み始めた。そんな頃戦死したはずの夫がひょっこりもどってきた。都は清の子供を妊娠していたこともあり慰謝料を払って夫と協議離婚、子供が生まれる一週間前のことだった。1947年、都31歳、清24歳。都と同じ年に生まれた里乃はその後しあわせに恵まれず、名前を変えたとうわさに聞く。

これが私が誕生するまでの物語である。（石内（b）一四〇頁）

©Ishiuchi Miyako

【写真37】「Mother's#3」

「石内都」が群馬県で運転手をしていたときの写真が残されている。大きな外車の運転席側に立ち、サッシュベルトを絞めたモダンな洋装の「石内都」は、カメラに向かってはにかむように微笑んでいる。これは写真集『Mother's』（二〇〇二年）の最初のページに載せられた写真（【写真37】）である。そこには娘の知らない若き「石内都」の姿があった。自分が生を受ける前の母の働く姿は、娘にしてみれば誇らしくもあり、不気味でもあったろう。この写真を娘は「言ってみれば、あれは見知らぬ女なのよ」（「石内都インタヴュー1」）と評している。

母の写真に関してもう一つ娘の言葉を紹介したい。横須賀市武山にかつて存在した米軍のキャンプ・マクギルでジープの運転手をしていた頃のものである。裏には米国国防総省（ペンタゴン）のスタンプが押されている。

母と同僚が写っている写真がある。母は若くはつらつとしていて、少しテレたような笑顔でこちらを見ている。数ある古い写真の中でこれだけは違っていた。（略）（略）単なる記念写真だとばかり思っていたのに、この写真はプレス用に撮影された写真だったのである。（石内（d）三二頁）

そこには娘が「日頃見かけることのない表情」（三三〜三四頁）をして米軍基地で働く母がいた。その姿を娘は再度「これは母の写真ではない」と否定するのである。「写っている女は私の母という枠を越えて、キャンプの中で働く日本人の女として、アメリカに広報されるために作り出された写真である」[31]（三二頁）と。もっとも身近な存在である母がアメリカに対して見せる「見知らぬ女」の姿に、娘は見てはいけないものを見てしまったような後ろめたさと軽いショックを覚えたのかもしれない[32]（三二頁）。敗戦直後、日本政府は進駐軍向けに「性の防波堤」として特殊慰安施設協会（ＲＡＡ）を開設した。ところがアメリカ本国、とくにファースト・レディであったエレノア・ルーズヴェルト（一八八四〜一九六二年）からの猛反対を受け、ＲＡＡはほどなく廃止された。このときの経緯を踏まえれば、ペンタゴンのスタンプで裏書きされた母の写真は、米軍が海外基地で働く現地女性を適正かつ寛大に扱っていることをアピールするための広報写真だった可能性が高い。

横須賀に対する鬱屈した思いが石内を写真に向かわせるきっかけとなったが、その石内を世界的に有名にした『Mother's』を撮った契機も、母とのぎくしゃくした関係にあった。

なぜ母の遺品を撮ったかというと、確執があったから。うまくいっていたら撮る必要はなかったと思う。私は写真を始めたときから、傷ばかり撮ってきた。嫌なこと、つらいこと、悲しいことと対決するみたいにして撮ってきたから。[33]

横須賀から「傷」を受けた石内は、母の存在からもなにがしかの「傷」を負っていたというのか。母との間にどのような確執があったのか。

いや、それはもう子どもの時からですね。何がどうっていうのはわからないんですが、子どもの時からの積み重ねですね。何かあったのかなあと思うんだけど、わからないですね。（石内（b）二三六頁）

石内は自分の意見をはっきり口にしない母に常に反発を覚えていたという。

母は自分の意志で人生を切り拓いた人だけれど、私が知る母は父のうしろに控えていて自分の意見をはっきりいうこともなかった。離婚歴があることを周囲にいわれたのかもしれないし、父にどこか遠慮していた。もっといいたいことをいえばいいのにと、私は反発ばかりしていた。（与那原　一二二頁）

派手好きでおしゃべりな父親似の石内は典型的な〈父の娘〉であったが[34]、父の事業がなかなか軌道に乗らなかったため、母がベースに勤務して家計を支えた。ベースで働く母は近所の住人からやっかみを込めて悪く言われていたという。

いじめられてたの。それはなんとなくわかった。父には何も言う人はいないけど、母には言うの。年上だしさ、どうみたって七つ上だからお姉さんで。（「石内都インタヴュー1」）

女が車を運転することがまだ珍しい時代に大きな外車を運転し、米軍基地で高給を取っていた母は「スラム」のような場所では目立つ存在だったようだ。娘は言う。「アメリカに勤めてるっていうことに対する差別だよね。（略）給料いいしさ」（「石内都インタヴュー1」）。

自分が嫌悪する形の女性性をいやおうなしに押しつけてくるアメリカに食べさせてもらっているという事実。しかも母は娘に未知の顔をして基地内で働いている。離婚歴があり、よそ者で、夫より年上ということで、近所からは悪く言われ肩身が狭い。母を取りまく周囲の空気を娘は敏感に察知したことだろう。母はなぜ何も言わないのか。どうして反論しないのか。ここで再度、わたしはこちら側にいるのか、それともあちら側にいるのか、という問いが生起する。ドブ板通りでアメリカ兵に性を売る女たちと、基地のなかで働くことにいかなる違いがあるのか。アメリカに食べさせてもらっていることに違いはないのではないか。

「写真を始めたときから、傷ばかり撮ってきた」と語る石内の原点に、「横須賀」と「母」の存在がある。横須賀が石内にとって「屈辱と汚名に充ちあふれた」存在であったなら、石内は母に対しても相似した思いを抱いていたのではないか。それを完全に払しょくするために、母の写真を撮り始めたのではなかろうか。その証左として石内は『Mother's』発表後、横須賀シリーズを撮り終えたときと同じ趣旨の発言を繰り返しているのである。

私は、もうね、個的に撮りたいものは『Mother's』を最後にぜんぶ、撮りつくしちゃってるんです。(35)

ここで石内の「傷」と、横須賀ならびに石内の母を結びつける線を探ってみたい。鍵となるのは「傷跡」である。横須賀によって「傷を受けた」石内であったが、横須賀シリーズ完結後に人間の身体や傷跡を撮るようになってはじめて、それまで見えてこなかった横須賀のまったく別の姿に思いが至るようになるのである。

たとえば私の写真との関係は横須賀の撮影からはじまったが、一九九〇年代に入って身体の傷跡「ＳＣＡＲＳ」を撮り続けるうちに、「絶唱、横須賀ストーリー」は一種のかたき討ちとしての写真行為という意識があったけれど、もしかしたら風景の傷跡を撮っていたのかもしれないと気がついたのである。[36]

「風景の傷跡」という印象深い表現が使われているが、石内が気づいたのは、時を経るにしたがい、帝国海軍、アメリカ海軍、自衛隊へと移行しながらも、その間ずっと横須賀が軍都としての機能をいやおうなしに負わされつづけているという事実[37]、つまり横須賀が「いつでも戦場へ直行する機能をもたされた傷だらけの町」（石内（ｆ）一一二頁）であるということだ。過剰な男性性を湛えるように思えた横須賀が、じつは女のジェンダーをもっていたのかもしれないという認識の転回――横須賀はペリー来航時から常に受け身で傷だらけの〈女〉の立場にあったのだ。石内が横須賀に見出した女性性は、一九六一年公開の今村昌平監督による映画『豚と軍艦[38]』に強烈なアイロニーを込めて表現されている。

『豚と軍艦』に描かれた横須賀

ドブ板通りと安浦周辺を舞台に描かれる『豚と軍艦』の横須賀はとにかく貧しく猥雑だ。ＥＭクラブの立派な建物と、向かい側に張り付く歓楽街の対比が異様な雰囲気を醸出する。主人公春子の姉は「楽だから」とアメリカ兵の「オンリー」になり、年老いた母親は春子にも同様に「アメさんのフレンド」になれと強要するのだが、拒否する春子を「向上心がない」と叱りつける。母子家庭で貧困に苦しむ幼い弟妹たちは「アメリカになりたい」（強調は筆者による）とため息をつく。春子には欣太というチンピラの恋人があるが、横須賀を出て真面目に所帯をもとうともちかける春子に、欣太は煮え切らない態度を取りつづける。自棄を起こした春子は、米兵の集まるバーで狂ったように踊っているうちに、米兵たちに性的暴行をふるわれてしまう。家族を養うため、仕方なくオンリーになることを承諾した春子は、欣太との間にできた子どもを中絶する。何百匹もの豚がドブ板通りを遁走する衝撃的なラストシーンで、欣太はヤクザの抗争に巻き込まれ便所に顔をつっこんで落命し、春子は横須賀での生活に見切りをつけて電車で町を去ってゆく。春子と入れ違いに横須賀駅からなだれ込むのは、米兵目当ての売春婦たちだ。ドブ板通りを走り回る豚の群れと、派手な身なりで嬌声をあげる売春婦たちは、それぞれエサのおこぼれにあずかろうと米軍の船が入港するのを待ち構えている。この映画で描かれるのは、〈去勢〉された日本の男たち、性を金に換えて生き延びる厚化粧の女たち、女性化されたドブ板通りと安浦の町だ。題名の『豚と軍艦』とは、横須賀に拠点を置くヤクザが、アメリカ軍の残飯をエサにして豚を育て、その豚を売ることで利権を得ようと画策するところからきている。アメリカからもたらされる栄養で日本人が豚のように生き延びているのである。

『蒼い時』に描かれた横須賀

この映画を踏まえて石内の母に対する反発とＥＭクラブで受けた「傷」を結びつける仮説を立ててみたい。その仮説とは、横須賀とアメリカの間に存在する力の不均衡さに、ジェンダーの作用を感知するか否かで、横須賀に対する感情が分かれるというものだ。その鍵となるのが、山口百恵の自伝『蒼い時』（一九八〇年）である。山口百恵は周知のとおり横須賀出身の一九七〇年代を代表する伝説的アイドルである。『蒼い時』の序章には、山口の横須賀に対する愛慕が素直な言葉で書かれている。


あの街は、私に優しかった。

雨も海からの潮風も、陽ざしも、緑も、何もかもがさりげなく、私を包んでいてくれた。（略）自分の意識の中での私自身は、あの街にいる。あの坂道を駆け、海を見つめ、あの街角を歩いている。

私の原点は、あの街――横須賀。(39)

山口も石内同様横須賀を自分の原点と捉えている。石内のデビュー作『絶唱、横須賀ストーリー』はその名が示すとおり、山口百恵のヒット曲「横須賀ストーリー」にちなんでいるのだが、石内から献本された『絶唱』を一目見て、山口は「恐怖」を覚えたと述懐している。

『絶唱、横須賀ストーリー』と題されたその写真は、全て、私の知らない表情をした横須賀だった。

あの街に、これほどのあざとさが潜んでいたのだろうか。これほどの哀れさが匂っていたのだろうか。

恐ろしいまでの暗さ、私があの街の中で光だと思っていたものまでもが、全て反転してしまっていた。

坂道も、草原も、ドブ板横丁も、米軍に入りこまれたことによって仕方なく変わらざるを得なかったあの街の、独特の雰囲気が、その写真の中では、陰となって表わされていた。哀しかった。恐怖さえ抱いた。

同じ街が見る側の意識ひとつでこんなにも違う。私の知っている横須賀は、これほどまでにすさまじくはなかった。

今にも血を吐き出しそうな写真にむかって私は呟いた。

この街のこんな表情を知らずに育ってこられたことに、わずかな安心感を抱いていた。（山口九～一一頁）

山口が抱く故郷への限りない愛情と、石内が抱く怨嗟ともいうべき感情の差はどこからくるのか。もっとも大きな理由はアメリカとの関係の度合いに起因しているのではないか。『蒼い時』で山口は横須賀で生まれ育った一人の男のエピソードを書いている。横須賀に三〇年住んだその男は故郷を嫌悪しているのだが、理由として横須賀の女が「厚化粧だから」だと言い捨てる。


あの街で生まれ、三十年以上あの街を見て来た男に出逢った。

男はあの街が嫌いだと言った。

小さい時から、あの街から逃げ出したくて仕方がなかったと言った。

男はあの街の女が嫌いだと呟いた。

太いカーラーを巻いた髪に派手なスカーフをかぶり、厚化粧で買い物カゴを下げて、サンダルで歩いている女が、あまりに哀しく映ったと。

まるで、あの街の象徴であるかのような人々の姿、毒々しい色のネオンサインや街の灯が、当時まだ少年だった男の胸に焼きついた。

未だに、横須賀を好きになれない、帰りたくはないと、男は話した。（山口 九頁）

男の気持ちには、石内の感情と通底する要素が見受けられる。すなわち横須賀がアメリカに対して提供する過剰な女性性を屈辱[40]と捉える感性だ。米軍基地の存在で敗戦の事実を日々突きつけられながら[41]も勝者におもねる横須賀の卑屈さが、件の男と石内に恥と憤りをもたらしたのではないか。横須賀の街に文字通り厚化粧の女が多いのではない。横須賀自体が「厚化粧の女」になりさがっているのだ。横須賀という場所においては、いやおうなしに（ここでもまた「いやおうなし」だ）少女が女にさせられるという認識が石内母娘の双方に働いていたのではないだろうか。だからこそ母は娘に自身の言葉を語りたがらなかったのかもしれない。石内が撮る横須賀の過剰さは、母の寡黙さの補填行為と捉えられるのである。

横須賀を基点とした石内の初期の作品群には、不思議なほど身体性を帯びた人間が写されていない。むしろ性的な身体をもった人間は意図的に忌避されているようだ。写真に人が写り込んでいても、それは風景の一部のようにしか見えないのである。また『絶唱』『YOKOSUKA AGAIN』両写真集には少女は登場するものの、『蒼い時』の男が嫌悪したような厚化粧の女はまったく登場しない。

結局、自分が何にこだわっているのか自問していると、それは、横須賀の街だったんです。当時、私は自分自身が非常に嫌いでね、それはどうしてかなって考えたら、やっぱり思春期の頃を過ごした横須賀に嫌悪感を抱いているからじゃないかって思ったんですよ。（石内（b）二六四頁）

私は自分が女であることがずっと嫌で、男になりたいと思って大人になってたから。（石内・原田一六九頁）

「自分自身が非常に嫌い」なのは、「自分が女である」からだろう。だがジェンダーという概念が一般的でなかった頃のこと、当時の石内には生物学的な女性全体に対する嫌悪感と女性性に対する嫌悪感が明確に区別されていないことに注意を促したい。女性性に対する嫌悪感というのは、〈女〉の徴をつけられることで、社会的に劣位の成員として扱われることに対する当然の憤りのことである。石内の前記の発言の真意は後者であると考えられる。

これまで見てきたことを簡単にまとめておくと、石内は「横須賀」と「母」に対して石内が嫌悪する形の〈女〉を見、そのことに対する強い反発を覚えるのだが、翻って自分自身を顧みたときに、同じ〈女〉が息づいていることに気づき、衝撃とやり場のなさを覚えるのである。そのとき生じる強烈な負の感情を、写真を撮ることで徹底的に相対化しようと試みるのが石内の創作活動の源だ。石内の初期の写真からは、〈女〉というものが常に「外側から意表をついて直撃」(石内(d)六二頁)されることへの苛立ちと不満が強く表明されている。

アメリカが横須賀に強いる過剰な身体性と、その反動としての石内作品における身体性の操作が、閉塞感漂う石内の初期の作品群、そしてその後呪縛から一気に解放されたような作品展開に顕著に見てとれる。先述したように初期の作品を経て一人ひとりの女と向き合う体験を経た石内は、〈女〉という言葉で一義的にくくれないそれぞれの事由を女たちの背後に認める。それまでは外部から女として規定されることに反発していた石内が、各地の売春宿やさまざまな女の身体を撮ることを通じて「女同士の共通項」(石内・原田 一六九頁)を認識するようになるのである。それはとりもなおさず、石内が自分自身の女性性を理解・肯定・再構築できたことを意味する。この変化は石内が反発を覚えていた母との関係にも影響を与えることになる。

傷から傷跡へ

一九九五年、石内最愛の父が病気で他界する。その五年後の二〇〇〇年三月、母の誕生日を迎え、そろそろ母と向き合う頃合いではないかと、石内は母の身体にある火傷の傷跡を撮らせてもらう。ところがその母は『Mother's』の刊行を見ることなく、その年の暮れに突然他界してしまう。遺品を整理していた石内は、父が亡くなった日の家計簿に母の字で「清が死んだ」と書かれたメモを発見する。

ああそうだったのかって思った。父と母も男と女だったんだと、胸が痛くなった。（梯二一三頁）

母はそんなふうに一度も言ったこと無いの。私の前でね。で、亡くなった時にそのフレーズを見た時に凄く胸が痛くなったの。（石内（b）二四七頁）

若き日の母の写真に加えて、石内はここでも母の未知なる一面を発見する。母の手書きの文字に直に触れたことで、ようやく一人の女としての母を理解することができたのだろう。石内が母に反発を覚えていたのは、母が女であったからにほかならない。それは石内の母が最前から述べているような「厚化粧の女」だったというのではない。石内はやり場のない憤りを一番身近な女の代表として母にぶつけていたのではないか。石内はさまざまな女の身体を撮ることを通じて「女同士の共通項」を認識できるようになっていたが、そのことは母の女性性を肯定する余地を心に準備したのだった。

母は一所懸命生きていた人だけど、何か私はそこを認めたくないみたいなところがあって。いやあ、何かひどい仕打ちをしてしまったのかなあと。（石内（b）二三六頁）

傷が傷跡に変わるには時間の経過を必要とする。傷跡は身体に残る生の証しである。[42] 写真もいうなれば光によってつけられた傷である。暗室で印画紙に焼きつける作業を経て、光の傷はモノクロームの傷跡に変わる。暗室は子宮の暗喩と捉えることも可能だろう。

暗室にいるって、現実逃避なんだよ。あそこが逃げ場所で、そのなかから世界が見えてくる。摩訶不思議な、恍惚感があるんだよね。（石内（a）五〇頁）

子宮としての暗室は、石内に不思議な恍惚感をもたらす。暗室はアジールの役割を果たし「過去と現在の接点」（石内（d）九五頁）に触れる場を提供する。さらにいえば、母との関係がうまく築けなかった頃の石内の作品に狭苦しい室内の写真が多いのは、母胎に回帰し生れ直すための試みだったのかもしれない。取り壊される寸前の無人アパートの内部を撮りながら、石内はこのように語っている。

無機物しかここにはないのに生温かい空気の中、醸造された気配が、とっくの昔に忘れてしまった猥雑で稚拙な感覚を呼びもどす。まるで母の胎内のようだ。いや自分のからだの中にいるような。気味の悪いような心地よいような、それはそれは摩訶不思議な夢遊状態にさせられる。（石内（d）五五頁）

わたしが今いるのは母の、それとも自分の胎内か。あちら側とこちら側の区別がつかない夢のような一体感。母と同じ身体機能をもつ娘だからこそ感じることのできる「気味の悪いようないいような」感覚は、それまで女性性に違和感を抱いていた石内に、母を含めたすべての女たちにつながる一体感をもたらしたのだろう。

『Mother's』の公開で石内は「個人の母の遺品がみんなの遺品に[43]」広がってゆくのを実感する。国内外の写真展では、観客が自分自身の母親と重ね合わせて思わず涙を流したり、母との思い出を語ったりする光景が見られた（ホーグランド『ひろしま』）。特定の母の遺品が、たくさんの母たちの人生を投影する。「個的な」体験が普遍的な記憶を呼び起こし、「歴史と時代と世代を引き継ぐ一本の線」（石内（f）七八頁）へとつながってゆく。

ここでいま一度『Mother's』の最初に載せられた母の写真を見てほしい。目を凝らすと、母の古い写真の外側にもう一つ枠があることに気づくだろう。この写真は、娘が撮り直した母の若き日の写真であった。『Mother's』の巻頭を飾ったのは、「二人の石内都」の合作だったのである。

つながり——横須賀から「ひろしま」へ

『Mother's』の手法はその後の「ひろしま」シリーズに引き継がれることとなった。石内が撮る「ひろしま」は、広島でもヒロシマでもない。「横須賀」から「ひろしま」への移行は、アメリカとの戦争という共通項を媒介として必然的な出来事だった。

私は米軍基地の町・横須賀で、日本における戦後史の真っ只中に育った。わだかまりを抱えながら。その横須賀と広島が、まさに一つの線、延長線上でつながった。私が広島と出会ったのは必然なんです。（石内・青来 一八七頁）

「ひろしま」シリーズを契機に、石内の写真に対する心境には大きな変化がもたらされたが、その兆しは先述のように『Mother's』までの経験で既に用意されたものだった。

私は今まで自分の女性性というのをほとんど意識しないというか、どちらかというと否定的だったけれど、それが広島から変わった。自分が女性だから撮れた。男性にはこんなふうに見えないんじゃないかしら。ワンピースの彼女やスカートをはいていた彼女たちのために美しく撮ってあげようという気になっているんですよ。（石内・青来 一八七頁）

戦争の暴力と悲惨さを明示的に告発する方法によらず、女たちが身に着けていた衣服という遺品を通してかるみをもった「ひろしま」の姿を現出する石内の写真は、見る者の心を惹きつけ、衣服の内側にかつて存在していた身体に思いをめぐらせることを可能にする。あの日あのときこの服を着ていたのはあなたでもわたしでもありえたのだ、と。石内の撮る「ひろしま」の美しい遺品の数々は、個人の記憶を皆の記憶に開放する。重いテーマをかろやかにしなやかに表現する「ひろしま」は、戦争を生き延びた傷跡なのだ。

ヨコスカBABY

石内は雑誌『カメラ毎日』に一九八三年二月から一九八四年一二月まで写真を連載していた「TOKYO BAY CITY」というシリーズの第二回に「ヨコスカＢＡＢＹ」と題した執筆文を寄せている。

> 英語を求めて、青い眼を求めて、黒い肌を求めて、ＳＥＸを求めて、カッコよさを求めて、そしてアメリカを求めて年若き非処女たちは恐れを知らない。言葉の通じない分だけ無防備に大胆に米兵たちの要求に応じるシナを全身で表現している。(44)

石内が初期作品群で捉えたドブ板通りで米軍の空母が入港するのを待ち構えていた「厚化粧の女」たちに代わって、一九八〇年代には「年若き非処女たち」がどこからともなく横須賀に集まってくるようになった。「港町とは所詮そんな場である」と、石内は語る。第三章では横須賀海軍に所属する米兵と関係を結ぶ若い日本女性の物語を取りあげる。

【註】

（1）石内都（a）『女・写真家として』編集グループSURE、二〇一四年、一九頁

（2）ただし「女性初」という冠が付せられることには石内自身は違和感があると語る。「本来、視点というのは個人的なもので、男女の差は関係ありません。私自身もこれまで自分を女性写真家と考えたことはありませんでした」（石内都、若松英輔「声なき声に寄り添って」『I-House Quarterly No.8 Winter 2016』国際文化会館、二〇一六年、六頁）。「女であることは、私という人間を構成するさまざまな要素のひとつでしかないと思っている。性別のまえに、作品で判断してほしい、そういいつづけてきた」（与那原恵「ルポルタージュ・時代を創る女たち　石内都　写真は私の記憶の器」『婦人公論』六月二二日号、中央公論新社、二〇一三年、一二〇頁）など。

（3）石内は「個的な」という表現を多用するので、本書でもそれにしたがった。

（4）清水穣「石内都、instrumental」『sa・bo・ten』平凡社、二〇一三年、一〇三頁
（5）笠原美智子「石内都：未来の刻印」『マザーズ 2000-2005　未来の刻印』淡交社、二〇〇五年、九一頁
（6）土屋誠一「「横須賀」、「私」、「女」、そして「石内都」——石内都論」『石内都展　ひろしま／ヨコスカ』目黒区美術館、二〇〇八年、八頁
（7）正木基「「絶唱、横須賀ストーリー」について」『石内都展　ひろしま／ヨコスカ』目黒区美術館、二〇〇八年、三八四〜三八九頁
（8）Francois Leonce Verny「ヴェルニー、小栗の尽力により横須賀製鉄所建設開始（江戸時代）」『横須賀市ホームページ』https://www.city.yokosuka.kanagawa.jp/0832/emaki/edo/edo_data6.html『ヴェルニー公園について』http://www.kanagawaparks.com/verny-mikasa/verny/
（9）当時は臨海公園と呼ばれていた。
（10）正式にはThe United States Fleet Activities Yokosuka 横須賀海軍施設。なお自衛隊横須賀基地も通称である。
（11）Matthew Calbraith Perry（一七九四年〜一八五八年）
（12）土門拳『鬼の眼——土門拳の仕事』光村推古書院、二〇一六年
（13）東松照明『日本の写真家30　東松照明』岩波書店、一九九九年
（14）東松照明「東松照明「撮る」ことと「撮らされる」こと」『日本の写真家30　東松照明』六五頁
（15）サンドラ・S・フィリップス「実体と実在の間で：石内都の芸術」『マザーズ 2000-2005　未来の刻印』木下哲夫訳、一〇五頁

（16）「石内都インタヴュー1」『日本美術オーラル・ヒストリー・アーカイヴ』http://www.oralarthistory.org/archives/ishiuchi_miyako/interview_01.php

（17）石内都（b）『石内都展　ひろしま／ヨコスカ』目黒区美術館、二〇〇八年、二二九頁

（18）石内都・原田マハ「フリーダ・カーロとの対話inメキシコ」『芸術新潮』一〇月号、新潮社、二〇一四年、一六八頁

（19）「EMクラブ」『横須賀市ホームページ』https://www.city.yokosuka.kanagawa.jp/0130/oldays/em.html

（20）石内都（c）「EMクラブにて…」『CLUB & COURTS YOKOSUKA YOKOHAMA』蒼穹舎、二〇〇七年、八四頁

（21）石内都（d）『モノクローム』筑摩書房、一九九三年、三七頁

（22）「終わってしまった世界」に関しては、第一章で扱った水村美苗の小説にも同様の表現があり共通の認識がうかがえる。

（23）「横須賀火力発電所3号機〜8号機および1、2号ガスタービンの廃止について〜57年の歴史に幕、最新鋭の高効率発電設備へリプレース〜」東京電力フュエル&パワー株式会社プレスリリース、二〇一七年三月三一日付記事参照（https://www.tepco.co.jp/fp/companies-ir/press-information/press/2017/1400801_8628.html）。新会社（JERA横須賀合同会社）による発電の再開については以下を参照（http://jera-yokosuka.co.jp/）。

（24）石内都（e）「横須賀ふたたび」『YOKOSUKA AGAIN 1980-1990』六三頁

（25）この件に関しては水村美苗の章でも触れた。

（26）この部分に、東松が「欠落感」を抱えて米軍基地を訪ね歩くことを想起してしまう。

（27）石内は、横須賀では「海が「壁」になっている」と表現している。石内都「スライドレクチャー「石内都・自作を語る」」『美術家たちの証言——東京国立近代美術館ニュース『現代の眼』選集』東京国立近代美術館編、美術出版社二〇一二年、二六九〜二七四頁

（28）「私の写真は「記録」よりも「創作」に近くて、「私にはこう見えている」ということを表現しています。」「私がこれまで手掛けてきた写真は、「記録」から最も遠いところで始めたものばかり。」石内都、若松英輔「声なき声に寄り添って」『I-House Quarterly No.8 Winter 2016』国際文化会館、二〇一六年、七頁

（29）石内都、正木基「石内都連続インタビュー（1）初期作品をめぐって〜「写真効果」展から「From YOKOSUKA」展へ」『石内都展　ひろしま／ヨコスカ』二三五頁

（30）石内都「横須賀育ち」『石内都展　ひろしま／ヨコスカ』二六三頁

（31）この写真に関して、石内の写真集からは探しだすことができなかったのだが、池川玲子氏から映画『ANPO』（リンダ・ホーグランド監督二〇一〇年）に映しだされているとご教示いただき確認することができた。

（32）ただし現在はこの写真に対して「いつ見てもなぜか懐かしく、しばらく眺めていても飽きない」（石内（d）三二頁）と語っている。石内が自身の気持ちのなかで母と邂逅したことを示している逸話といえよう。

（33）梯久美子『声を届ける——10人の表現者』求龍堂、二〇一三年、二〇九頁

（34）石内は父母に対して抱いていた気持ちを以下のように語っている。「私はやっぱりお父さんっ子だったの

で、父に対しては絶対的な信頼というか、愛というものがあったんですが、母に対してはお互いコミュニケーションがうまくいかないからケンカになってしまうんですね。」（インタビュー（1）『石内都展　ひろしま／ヨコスカ』二三六頁）

（35）石内都「21世紀の「仕事！」論。」『ほぼ日刊イトイ新聞』二〇一五年八月一一日 https://www.1101.com/21c_working/miyako_ishiuchi/index.html

（36）石内都（f）『写真関係』筑摩書房、二〇一六年、一一二頁

（37）「いやおうなしに」負わされる「女性性」に石内は強く反発する。

（38）石内と『豚と軍艦』を結びつける事例を挙げると、『絶唱』のあとがきで石内は『豚と軍艦』の主人公春子のように「颯爽と横須賀を飛び出したい」と自分自身を春子になぞらえる発言をしている（『石内都展　ひろしま／ヨコスカ』七七頁に再録）。

（39）山口百恵『蒼い時』集英社、一九八〇年、九〜一一頁

（40）屈辱に関しては、美苗とスプーンにも共通する感情である。屈辱感は劣等感と同じではないことに注意したい。

（41）横須賀が「敗戦という事実を絶えず突きつけられる基地の町」であることは、サンドラ・S・フィリップスも言及している。「実体と実在の間で――石内都の芸術」『マザーズ 2000-2005　未来の刻印』一〇四頁

（42）リンダ・ホーグランド監督映画『ひろしま　石内都・遺されたものたち Things Left Behind』（NHKエンタープライズ、二〇一二年）のなかで石内は「傷跡があるということは、生きている証拠」だと語っている。

（43）石内都・青来有一「対談　遺された「物語」から現在《いま》へ」『すばる』八月号、集英社、二〇一五年、一八八頁
（44）石内「ヨコスカBABY」『石内都展　ひろしま／ヨコスカ』一九二頁に再録

第二章

母親探しと言葉の獲得

——山田詠美『ベッドタイムアイズ』

私にスプーンを与えてほしい、私の大きなスプーンを、
そしたら、私は世界を食べてみせる。
(スーザン・ソンタグ
『サラエボで、ゴドーを待ちながら』)

はじめに

第三章では、山田詠美のデビュー作『ベッドタイムアイズ』における主人公兼語り手キムの母親探しと母との決別、その結果としての言葉の獲得過程を検証し、キムの言葉を通して明らかになる日本人の劣等感の本質について考察する。

『ベッドタイムアイズ』の評価

『ベッドタイムアイズ』は女性の視点から大胆に国籍と人種を越えた男女の性愛を描き、第二二回文藝賞を受賞、さらに第九四回芥川賞候補にもなるなど大きな話題を呼んだ。長谷川啓は『ベッドタイムアイズ』の性愛描写が「これまでの恋愛に関する女性表現を一挙に変革する象徴的な意味合いをもっていた」と述べ、「性愛風景に終始する革命的なまでの女性による描写の獲得」(1)と高く評価した。清水良典もこの小説が「過去の日本の小説家が立ちすくんでいた性意識の壁をいとも簡単に、優雅に越えてしまった」ことを指摘し、「山田の出現が女性の書く小説において、セックスの語り方を一変させた功績は否定できない[2]」と論じている。

キムと米兵スプーンとの関係について浅田彰は「あくまでも「体」と「体」の関係であり、言葉はその間の潤滑油のようなものに過ぎない[3]」と述べ、同様に竹田青嗣も「要するに、ここではありきたりのひとつの〝恋愛〟が描かれているのだが、それが〝精神的〟なものを欠き、肉体的な歓びの描写に埋めつくされることに、特別な意味はなにもないのである[4]」と、二人の関係が形而下的であると断定している。また清水良典は『ベッドタイムアイズ』が「ただの男と女の物語」で「きな臭い政治とも歴史とも無縁」（清水 一四四頁）だと述べ、竹田もこの物語には「かつて大江健三郎が描いたようなアメリカと日本の〝関係〟を隠喩するものはなにも隠されていない」（竹田 一四四〜四五頁）と論じている。

このように日本の研究者が『ベッドタイムアイズ』の政治性を不問に付し派手な性愛表現にまず着目するのとは対照的に、アメリカの日本文学研究者は『ベッドタイムアイズ』に象徴される人種問題に注目する。リチャード・オカダは『ベッドタイムアイズ』が日本人女性による黒人の「専有化[5]」であると批判し、リービ英雄は「山田詠美が一九八〇年代の日本の読者に与えた強力なワン・ツー・パンチは、性と人種の二重の衝撃だった[6]」と、両者とも人種の問題に言及する。

『ベッドタイムアイズ』を「言葉」の問題から分析した研究に有田和臣の論考がある。有田は『ベッドタイムアイズ』の主題は性愛描写にではなく他者の発見と所有を可能にする「言葉」にあると述べている。

このように『ベッドタイムアイズ』には女性作家の作品としては過激な性愛表現が頻出し、日本では発表当初からその面に特化して注目を集めることが多かった。本章の前半ではそうした従来の視点とは異なり、キムの恋人である元アメリカ海軍横須賀基地所属の黒人兵スプーンをキムの〈母なる存在〉と同定し、キムが母としてのスプーンとの出会いを契機に主体性構築のための言葉を得るという見解を提示する。章の前半では主としてフロイト・ラカンの批評理論を援用するが、それは肉体性に注目が集まりがちな『ベッドタイムアイズ』のテクストに、じつは強い論理指向が働いていることを論証するためである。

章の後半では、前半で明らかになった問題を掘り下げ、『ベッドタイムアイズ』の政治性を大江健三郎の『飼育』ならびに村上龍の『限りなく透明に近いブルー』と比較しながら検証する。『ベッドタイムアイズ』はラブストーリーの体裁を取ってはいるものの、実際はアメリカに向けた日本の側からの一方的な偏愛をテクストに色濃く滲ませている。テクストが発する人種観を、ジェイムズ・ボールドウィンの『もう一つの国』と日本の少女漫画の影響を考慮しながら、近代以降の日本人の心性と日本語の特性、そして日本の敗戦というファクターによって読み解いていく。

『ベッドタイムアイズ』の主題

長谷川啓が指摘するように、出会いの当初、キムとスプーンは「言葉による対話ではなく、目・眼差しの会話と直感力によって相手と交感・交信し」、「愛してるなどという言葉に頼らぬ感触と匂いだけの、いかにも交情にふさわしいエクスタシーの世界」（長谷川 六七頁）を繰り広げていたが、スプーンとの交情のもとでキムは徐々にロゴスを習得していく。既述の通り、有田和臣は『ベッドタイムアイズ』の主題は言葉への探求にあると喝破する。

見かけに反してこの作品が真に指向するのは、そうしたフィジカルな身体交渉を超えた場所での〝他者〟の発見および所有という主題である。さらに意外なことに、この作品でそれを実現するのは、最終的には「言葉」、とりわけ今ここにいない相手の記憶を想起させる力を持った言葉である。そうした言葉への探求が、この作品の背骨《バックボーン》となっている。(7)

このように有田は『ベッドタイムアイズ』の主題は性愛描写にではなく、他者の発見と所有を可能にする「言葉」にあると明確に述べているが、他者がキムの内面を構築していく過程までは言及しておらず、キムがなぜマリアではなくスプーンを選んだのかについても明確にしてはいない。

そこで本書は有田の論を基に、ジャック・ラカンの理論を導入することによって、キムの内面における他者の発見と言語習得の過程を明らかにしようと思う。ラカンを援用するのは、そうすることで逆説的にジェンダーという項を引き入れることが可能になるからだ。本書はスプーンを〈母なるもの〉と同定する視点を導入し、女性としてのキムの「眼差し」が従来の男性主体の眼差しを転覆させる働きをしていること、さらに日本の男性作家による近現代小説の大きな潮流の一つである「母胎回帰」と「近親相姦」の願望を『ベッドタイムアイズ』のテクストが密かにしかもやすやすと果たしていることを論証したい。山田詠美の意図はどうであれ、『ベッドタイムアイズ』のテクストは異性愛マトリクスの虚構性をあばき、異性愛至上イデオロギーをすりぬけることに成功しているのである。

『ベッドタイムアイズ』は、捨て子であるキムによる母親探しと母なるものからの自立の軌跡として読むことができる。キムは通常の子どもの発達段階とは逆の軌跡をたどって幼児退行し、同一化できる母を自ら探しだすというふうに物語が環状に展開する。フロイトの精神分析を発展させたラカンによれば、生れたばかりの子と母の間にはまったき同一状態が存在し、そこに〈父の名〉（あるいは〈法〉とも呼ばれる）の邪魔が入ることで子が〈去勢〉される。そのとき子は〈他者〉としての自分を認知するとともに、母子の完全なる一体感を喪失する。母の喪失という欠如を埋めるものが、〈他者〉としての〈言葉〉であるとラカンは理論づけている。しかし『ベッドタイムアイズ』のキムはもともと捨て子であったために、実母とのまったき同一状態を経験していなかったと思われる。したがって同一化できる相手、すなわち母なるものを自力で探しだす必要があった。キムはスプーンとの出会いによって彼こそが探し求めていた母、同一化できる相手であることを感得する。スプーンと晴れて同一化を果たしたキムは、その後〈法〉の介入を経て、母の代替となる「語りの言葉」を獲得する。その一部始終を遡及的に綴ったものが『ベッドタイムアイズ』なのだと考えられる。次節から順を追って検証してみよう。

第一節 〈原初の母〉としてのスプーン

スプーンは物語の冒頭から一貫して野性や自然を想起させる動物的な属性を与えられている。キムとスプーンは言葉を交わすこともなく目と目で感応し、出会ってすぐに基地内のクラブのボイラー室で荒々しく性交する。ボイラー室で熱を発するむき出しのパイプは、ファルスの象徴であろうし、薄暗く蒸し暑いこの密室空間は子宮の内部にも比せられるだろう。(8) 長谷川啓はスプーンと自然との結びつきを、「これまで産む性であることから女性が〈自然〉と考えられてきたが、この作品の場合は黒人男性の方が自然的存在となっている」と指摘し、スプーンが「豊かな命の源泉としての、真のセックスを味合わせてくれる」(長谷川 七〇～七一頁)のだと述べ、キムがスプーンとの情交で「〈自然〉の懐に抱かれる心地」(七一頁)を堪能するのだと論じている。長谷川がいう「真のセックス」とは、男女の性器結合に限定されず、性別を超えて人と人が一体となる歓喜と悦楽の謂いであろう。

キムとスプーンは観念的な言葉を必要とせず、臭覚、味覚、聴覚、触覚でお互いを認識し合う。スプーンの体は「ココアバターのような甘く腐った香り[9]」を発するが、キムはそれと「同じ匂いを昔嗅いだことがある、と思う」(山田(a)一三頁)。腐臭ではあるが不快ではないその匂いはキムにとって母乳を思わせるものではなかったか。

スプーンは言葉とも音楽ともつかないラップや、自分の身体そのものという原初のコミュニケーション・ツールを操り、〈現実界〉のみに存在する「真実の気持ちを証明するため」(四〇頁)に「自分の体そのもので」キムに「メッセージを送る」(四六〜四七頁)。「快感すら訴えられない苦しさと素晴しさ」(一五頁)に声をあげることもできないキムは、いまだ言語を知らない乳児のように分節されることのない愉悦を味わう。スプーンとの「ファック」にあけくれる生活は、キムの野性、すなわち〈現実界〉における享楽状態を前景化する。

スプーンとは文字通り「食べ物を口に運ぶちっぽけな道具」(七七頁)、つまりキムの口に「滋養」を運ぶ「日常、最も親しんでいる」(一五頁)道具である。スプーンはキムの口に〈食物〉を運び入れ、キムはそれらを摂取して成長する。食と性はどちらもキムにとって摂取する行為であり、取り入れられたものは身体の一部となりキムと同一化してゆく。

赤ん坊としてのキム

スプーンは私をかわいがるのがとてもうまい。ただし、それは私の体を、であって、心では決して、ない。私もスプーンに抱かれる事は出来るのに抱いてあげる事が出来ない。(山田(a)七頁)

これは物語劈頭の文章だが、ここから二つの事柄を読みとることができる。一つ目は、キムがスプーンに一方的に抱かれ、かわいがってもらう子ども然として描かれているということ。二つ目は、スプーンが関与できるのはこの段階ではキムの体であって心ではない、ということだ。

ところで、心がかわいがられるとはいったいどういう状態だろうか。かわいがられる側には、どのような事態が生起するのか。それは「愛」という感情に関係するが、この時点でキムはまだ愛という言葉の意味を知らない。そのため愛に対応する心の状態を認知することはできない。なぜなら人の感情は言葉によって形成されるからである。いまだ言葉を知らない赤ん坊は、体をくすぐられると喜んだ表情を見せるが、そのとき身体に覚えた快感と、心のありさまは同期していない。したがって、赤ん坊としてのキムは、スプーンに抱かれる快感を言葉に表すことができないのである。以下では赤ん坊としてのキムについて考えをめぐらせてみたい。手始めにキムの発話からみた幼児性を検証しよう。

発話からみるキムの幼児性

「できない」「知らないわ」「名前を教えて」など、キムは否定形・疑問形を連発し、「意思を持たない操り人形[10]」（山田（a）七〜八頁）のように、誰かの指示を受けなければ行動することができない。いまだ意思を伝える言葉をもたず、主体発達の途中にあることが示唆されている。さらにキムの声質も「ふわふわとしたたよりない声」（三二頁）で、マリア姉さんの嗄れ声と比べて子どもっぽい声のように描写されている。

　注意したいのは、スプーンとキムとの会話は、キムの母語ではない、つまり学習することが必要な、英語でなされているということだ。ふわふわとした声質のみならず、スプーンの耳に届くキムの英語はたどたどしい幼児の発話のように響いたであろう。

　次にキム自身が自分を乳幼児のように形容している場面に注目しよう。子どもであることを自認して楽しむキムは、積極的に子の位置に自分を置く。キムは「自分を幼い者のように感じ可愛く思」い（三六頁）、「スプーンの小さなおもちゃ《トィ》になる事を楽しみ」（四六頁）、ときには「自分の思いどおりに行かない赤ん坊のように駄々をこねて泣いてみ」（七六〜七七頁）る。

　一方のスプーンもキムを赤ん坊のように扱う。「小さな赤ん坊にするように」（九五頁）キムの頬を優しくつねり、母親が子の体をすみずみまで熟知するように、スプーンの手指はキムに快楽を与える方途を心得ている。興奮するキムを母親が赤ん坊をあやすようになだめるスプーンはキムの母親然として描かれている。またスプーンはキムが考えていることはたいていお見通しであり、いつも泰然自若としている。

『ベッドタイムアイズ』はキムの目から見た客観的な描写が一人称語りで続けられる。キムは自分と他者との関係を俯瞰している。言葉を習得する以前の赤ん坊は、目を丸くしてまばたきもせず周囲をじっと観察しているものだろう。当初は一方的に見る側にいたキムが、次第に相手の視線をしっかり受け止められるようになり、それを頼りに言葉を獲得し自我を形成してゆく。

キムと二人の母

さてキムにはスプーンのほかにもう一人母親候補がいた。マリア姉さんである。物語の最初のページですでにキム、スプーン、マリアの三人が出揃っており、この三人によって『ベッドタイムアイズ』が展開することが明示されている。かつてマリアは、行くあてのない捨て子のキムに居場所を提供し、キムの「テキストブック」(山田(a)七一頁)的存在であった。圧倒的な存在感を放つマリアに強烈な憧れを抱きながらも、キムは終始「試験勉強」(一二三頁)をさせられているような圧迫感を覚えていた。スプーンに出会う前、マリアの存在はキムにとって絶対的な「精神安定剤」(一二五頁)の役割を果たしていたが、スプーンの存在のようにキムの身体の内奥にまで侵入し、滋養を与えて育む性質のものではなかった。キムにとってマリアの言動は「注釈」（八一頁）を参考にしなければ理解不能なのであり、キムの心に直接記録される類のものではなかった。言い換えれば、マリアはキムの記憶に残りうる存在ではないのである。

「自分の目で見た事だけを信じなさい」（二六頁）と諭すマリアは、あくまでも言葉に依らない経験主義・具象主義をつらぬく。この点に関してはスプーンも同様の性質を有しているが、現前しないことや喪失を語るのに必要なのは言葉である。イメージに意味を与え記憶を記録する媒体をキムは欲しているのである。スプーンが記憶を重視するのと対照的に(11)マリアはキムの記憶に残ること、つまり二人の関係に言葉が介在するのを拒否することでキムの母親候補から排除されてしまう。キムとの関係はマリアにとってフェティシズム、つまり執着するものとしての一形態でしかないのである。一時はマリアと性的な関係をもちたいと切望したキムだが、感情を言葉の器に注ぎ、意味をもたせることを拒否するマリアは、キムが母として同一化できる対象ではなく、永遠に姉のままキムの眼前から追いやられることになるのである。

キムとマリアの関係

キムとマリアの関係の破たんに関して前述のオカダは、「日本社会の隅々に行き渡っている根深いホモフォビア」（オカダ 九一頁）と関連づけて論じている。オカダによれば、山田詠美の初期のテクストは「基本的に異性愛を尊重」（九〇頁）しており、キムとマリアのレズビアン的関係も所詮「異性愛という通常の前提を覆すことはなく、ジェラシーというお決まりの要素を導き出すに留まる」（八六頁）と評している。しかしキムとマリアの別れは、異性愛規範を強調するためのお膳立てではなく、また日本社会のホモフォビアを示唆するものでもない。この点をジェイムズ・ボールドウィンの『もう一つの国』と、山田双葉（詠美）の『ミス・ドール Miss Doll』という二つのテクストを参照しつつ論証したい。はじめに『もう一つの国』のあらすじに触れておこう。

ハーレム出身の黒人青年ルーファス・スコットは、海軍を除隊した後、ニューヨークのジャズクラブでドラムを叩いて生計を立てている。ある晩、夫に暴力をふるわれ命からがら逃げだしてきた南部出身の白人レオナと出会い、成り行きにまかせて肉体関係をもつ。そのまま行くあてのないレオナと同棲するようになったルーファスは、人種にこだわりをもたないレオナの純真さに触れ、彼女を愛せば愛すほど異人種間恋愛の葛藤に苛まれるようになる。両性愛者であったルーファスは、過去に自分を愛した裕福な白人男性の面影をレオナに重ねつつ酒と麻薬におぼれ、あたかも奴隷だった先祖の敵を討つかのようにレオナに暴力をふるう。そのせいで精神に異常をきたしたレオナは、ルーファスから引き離され精神病院に収監されてしまう。人種間の軋轢と性の問題、そして貧困に苦しみ抜いたあげく、将来に絶望したルーファスはハドソン川に身を投げる。絶対的な愛を求め、黒人としての誇りをもち、一個の人間として認めてもらうことを心から望んだルーファスの存在は、彼の死後も家族や友人の心に強く作用しつづけ、物語全体を通して核となる人物として描かれている。『もう一つの国』は、人種差別、貧困、異人種間の恋愛、同性愛・両性愛の問題を鋭く描く傑作であり、『ベッドタイムアイズ』の原型となった作品で、長編小説を書く前には必ず読み返すという山田の「バイブル」(12)である。一九六一年の発表当時のアメリカでは、この作品で描かれた異人種間恋愛、しかも黒人と白人の間の両性愛・同性愛を描くことは禁忌であり、衝撃をもって受け止められた。だがこの作品に傾倒している山田が、キムとマリアの関係破綻をホモフォビアと結びつけて描いたとは考えにくい。

もう一つ確認しておきたい作品は、『ベッドタイムアイズ』執筆前に山田詠美が山田双葉(本名)の名で発表した『ミス・ドール Miss Doll』(一九八一年~一九八二年『ギャルズコミック』連載、一九八六年河出書房新社より単行本として出版)という漫画である。

こちらも簡単にあらすじを紹介しておこう。両親を事故で失い孤児になった女児・ドールは、レイという血縁のない美しい年上の女性に育てられている。文字通り人形のように気ままにドールを育てるレイであったが、ドールは「頭がまるで軽い」ため、人から「ドール」と呼ばれているのである。ドールが「十六歳かそこら」になったある日、カフェで玄という名の大学生と知り合う。ドールはすぐさま目で合図をして玄をトイレに誘い込み、そのまま性行為に及ぼうとする。まるで『ベッドタイムアイズ』のスプーンとキムが逆になったような設定である。

ドールは母親がわりに面倒を見てくれているレイに恋愛感情を抱いている。レイは、ドールが小遣い稼ぎに自分の選んだ男と売春することを許している。それはレイが「美しいドールを見るのが好き」だからだ。愛するレイの気分を損ねないために、ドールはレイが選んだ男たちと寝る。ドールは文字通りレイの人形で、レイに好かれたいということ以外には何の意志をもたない。

ドールはレイの恋人である能篠という男のマンションに忍び込み、彼と関係をもつ。そうすることで間接的にレイを所有している気になれるからだ。「このくちびるにレイもキスしたんだ…」。能篠と抱擁を交わしながらドールは呟く。この設定も『ベッドタイムアイズ』のマリアがキムと間接的な肉体関係をもつためにスプーンに近づいたことと酷似している。

レイがドールを引き取ったのにはわけがあった。レイはドールの父親に思いを寄せていたのだが、自分の愛に応えてくれず事故で死んだ彼の娘を意のままにすることで、傷ついた自尊心を取り戻そうと図ったのだった。しかしドールが能篠と関係をもったことに逆上したレイは、ドールに部屋から出ていくように命じる。能篠との行為をレイとの行為になぞらえていたのだというドールの愛の告白により、レイもまたドールに対する恋愛感情を自覚する。レイとドールの関係に気づいた能篠は、二人の仲を引き裂こうとするが、結局ドールは愛するレイのもとに帰っていくのだった。

母親的役割のレイと、娘でありながら母親に恋愛感情を抱くドールの関係は、竹宮惠子が一九七六年から一九八四年の間に連載したいへんな評判を呼んだ少女漫画の問題作『風と木の詩』で描いてみせたオーギュとジルベールという実の父子間の近親相姦と愛の関係を髣髴とさせる。この時期の少女漫画は同性同士（主に少年同士）の恋愛を描いた作品が多く発表され、一部でブームを巻き起こしていた。『ベッドタイムアイズ』でキムがマリアに対して憧れ以上の感情をもっていたことはテクスト上でも明らかである（山田（a）八六〜八七頁）。自身が漫画家出身の山田詠美はこのような少女漫画界の動向を熟知しており、キムとマリアの間には同性愛忌避が働いているとはいえず、二人の破局はオカダが論じるように異性愛規範に従順な傾向や、ホモフォビアを示唆するものとは考えられないのである。

さて遠回りになったが、論をキムと二人の母との関係に戻そう。キムによって語られるスプーンは、原初の母なるもののように表象され、マリアはその名前が示すとおり、キリスト教の聖母マリアに通じる近寄りがたいオーラを帯びている。二人揃ってカリスマ性を備えた超人間的存在であるが、『ベッドタイムアイズ』全編を通じて、キムがキリスト教的なものに対抗意識を露わにしているということに留意したい。というのも、ここには「白人の神」に挑むかのように命を絶った『もう一つの国』のルーファス青年の面影が見てとれるからだ。また、スプーンとの接触が惹起するマリアの変化にも注意が必要である。マリアはスプーンと肉体関係を結んだことで、キムに対して「愛」という言葉で表象される感情を抑えきれず、ついには言葉を用いてキムに愛を告白してしまう。

このようにスプーンは関係する相手に言葉を授ける力を有している。スプーンの豊饒なエネルギーは、キムにとっても同様に作用する。スプーンは肉体で接触する相手の内面に質的な変化をもたらす生の根源的なエネルギーを湛えた媒体だと考えられる。

このように一見対照的なスプーンとマリアという二人の母親候補であるが、仔細に比較してみると、二人には共通の属性が多々見出される。スプーンとマリアの属性を色、海、目という三つの項目に沿って検証してみよう。

スプーンとマリアの共通項

まずは色である。スプーンとマリアはどちらも黒、金という大人を象徴する力強い色で表象される。それぞれが最初に登場する場面で、スプーンは「ブラックタイにタキシードで正装」しており、その姿は「滑稽なくらいに粋《クール》」（山田（a）九頁）である。対するマリアも「黒の紋付きの着物を羽織り桐の下駄」を履き、諸肌脱いで颯爽と登場する（一九頁）。和洋の正装対決である。

スプーンの黒い胸には金色のチェーンが光る一方、外出時のマリアは黒いソフト帽と黒の手袋を着用し、金のシガレットケースを愛用する。手袋に隠されたマリアの指には金色の爪が光る。このように二人とも黒と金のイメージで統一されている。

大人の二人とは対照的に「赤ん坊」のキムは、指先には赤いエナメル、髪はスプーンのいたずらで「唐辛子のように真赤」（五二、三七頁）。そして「チリソース」、「真赤に熟したネクタリン」、「缶詰のトマト」（四〇、一一七、一一八頁）などの食べ物に形容され、赤のイメージで統一されている。

ところで、黒い着物姿で颯爽と物語に登場したマリアだが、ストリップ・ショーの本番では真っ白なロングドレスに着替えてステージに立つ。ここで押さえておきたいのは、『ベッドタイムアイズ』においては、通常白という色に付与される純潔や無垢といった肯定的なイメージが与えられていないということだ。「白人のいやらしいコック」とか「白くぶよぶよとした足」をひろげた「豚」のような踊り子たち（一四、一九頁）など、キムは侮蔑の対象に白のイメージをあてがっている。聖母のイメージとは程遠い扇情的なステージに立つマリアのドレスの色は、スプーンに対する敗北を示す白旗の暗喩で、その後に訪れるキムとの破局を暗示しているといえよう。日本人の母に、アメリカ人の母が勝利する。実際このときステージ上のマリアを見つつも、キムは心のなかでスプーンとの情事に思いを巡らせているのである。

次に注目したいのが、海のイメージである。海は「生み」に通じ、生命の根源であることから女性と結びつけてイメージされることが多い。スプーンは海に開けた海軍横須賀基地に所属する兵士であった。『もう一つの国』のルーファスも海軍に所属していたことを想起したい。ルーファスは海軍に志願し、現実世界から大洋に逃避することを夢見ていた。

一方のマリアは、物語前半では海のイメージとは無縁だったが、スプーンとの「ラブアフェア」（八六頁）が発覚した場面において「海草のような長い髪の毛」（八〇頁）をもつ「メドゥーサ」に変身する。このときキムの意識のなかで、聖母マリアは怪物としての資質を露わにするのである。海草はキムが唾棄する日本人のイメージの隠喩だ。

ギリシャ神話のメドゥーサは、もとは美しい少女であったが、知の女神アテナの神殿に無断で侵入し、海神ポセイドンと肉体関係をもつ。このことがアテナの知るところとなり、アテナの怒りを買ったメドゥーサは蛇髪の醜い化け物に変えられてしまうのである。マリアがメドゥーサなら、スプーンは海神ポセイドン、キムは知の女神に比せられようか。

さて海草的性質をもった日本人を嫌悪し見下しているキムが、そのじつ自分自身も「私はいつも、あまりにも無知で海草のようにふらふら頼りなくて指導者を必要としていた」（八四頁）と、海草の一人であることを認めて恥じ入る部分がある。海草の隠喩については章の後半で論じるので、ここではテクストに海のイメージが散りばめられていることを指摘するだけにとどめたい。

メドゥーサといえば、その強烈な視線で見る人を恐怖のあまり石に変えてしまうといわれる。スプーンとマリアの「ラブアフェア」を目撃したキムは、自分に向けられたマリアの視線に凍りつく。

私は金縛りにあった人間がTVの画面を見るようにそこに立っている。感情という感情がすべて氷づけになってしまったみたいだ。（山田（a）八五頁）

一方スプーンの超然とした目もキムを捕らえて離さない。性行為の最中、キムの身体の上で一部始終を見届けるよう命じるスプーンにキムは絶対者の姿を見、スプーンの瞳がキムの「すべてをものにする」（一〇三〜〇四頁）ことを悟るのである。「最後まで見届けろ。オレがお前の上に在るって事を」（一〇三頁）。スプーンはいまや神のごとくキムの上に在る。

キムは常にスプーンとマリアの視線に晒され怯えている。なぜなら二人に心の内、つまり言語が生起する以前の生の感情を見透かされることを怖れるからである。キムは二人からの視線に同様の反応を示す。

対スプーン‥

スプーンと視線が合った瞬間、私は自分の思っていた事を彼に悟られたような気がして下を向いた。（山田（a）一一〇頁）

対マリア‥

私は心を見透かされたように、どぎまぎしながら顔を上げた。（山田（a）二四頁）

『古事記』の昔より「目合ひ」（まぐはひ）という言葉があるように、目が合うこと、視線を交わすことには、特別な意味があることを想起したい。

圧倒的なパフォーマンスと存在感で言葉以前の感情を喚起するマリアとスプーンに畏敬の念を抱きながらも、キムは感情の機微を丁寧に言葉に置き換えていくことを目指す知の人である。観念としての言葉を信用しない点ではマリアとスプーンは同類だが、マリアは言葉（たとえば「愛」）に「重大な意味」をもたせることを「屈辱」と捉えており、そのような「恥ずかしい言葉」（九〇頁）は口に出さずに済ませようとする。他方スプーンは「自分の体でとらえたことだけを口に出す」（四九～五〇頁）とあるように、言葉以前のものに触発され、身体から自然に言葉を発生させるのである。

「愛」という言葉

マリアははからずもキムに対して「愛している」と口走ってしまったが、重要なのは、スプーンはキムに対して一度たりとも「愛している」と伝えていない、ということだ。そもそも「愛」で代表／表象される諸々の情動は、一言の言葉で捕まえることはできない。だからこそスプーンはキムへの感情を「愛」で置き換えることをしないのだろうし、同様の気質をもつマリアも、スプーンに触発されなければ、この言葉をキムに対して口走ることはなかったであろう。

キムに関しても、スプーンに対して抱く感情を「愛」という言葉で括れるようになるまでには、多様な言葉で試験的に言い換えている。スプーンを想って「意外な顔」をしてしまったり、「理由のない胸の動悸」（山田（a）二四、三〇頁）に驚いたりするキムは、新たに芽生えた感情を、束縛・征服・

快楽・かわいい・敗北感・中毒等々、様々に言い換えて捕まえようと努力する。[13] そしてとうとう「私はこのろくでなしを愛している！」（六七頁）という気づきを得たときに、感情と言葉が同期し、発語が起こるのである。キムの新しい発見に対してスプーンは、「そんな事は解ってる。そういう決まりなんだ」（六八頁）と、あたかもそれが宇宙を統べる法則であるかのような返答をする。

スプーンに対して抱く諸々の情動が、いままで簡単に口に出していた「愛」という言葉に収斂されることに気づいたとき、重度を増した言葉の意味にキムはおののくのである。

私たちの間の一番軽くて意味を持たない言葉。それが口に安易に出せない濃度の濃いものに変化して行くのが解る。（山田（a）九五〜九六頁）

このとき以降、キムはスプーンに執拗に言語で愛の確認を求めるようになるが、このことは二人が密着状態から分離しつつあることを示唆している。母子のまったき合一状態に、愛という言葉が介入したのである。愛が心に傷をつけ、言葉以前の享楽状態はもはや取り戻すことができない。

スプーンを愛する事は私の心に傷をつける。その傷が快感に変わる時を待てばよいのだろうか。それとも、その傷自体を甘い悲しみとして諦めを持って受け止める事が出来る時が来るのだろう

か。（山田（a）一〇三頁）

言語の心への介入をもって母子のまったき合一状態は終焉を迎える。スプーンを愛することによってキムの心につけられた傷（ラカンのいう〈去勢〉）は、今後は言語を駆使して物語を綴ることによって、いつでも味わえる快感（石内のいう「傷跡」に比せられる）に変えることができるのである。こうして『ベッドタイムアイズ』という愛の物語が完成するのだが、ここでスプーンとキムという母子の密着について触れておこう。

母と子の密着

スプーンはキムの「肌に溶け込むような男」（山田（a）二八頁）で、「最も居心地の良いシーツのよう」である。キムは「スプーンに自分自身を征服させた快楽」（四三、五一頁）を楽しんでいる。その一方、成長するにつれスプーンにのめり込んでいく恐怖、いわば原初の母に呑み込まれるような不安をも感じ、「スプーンというジグソーパズルの一片になるのがこわ」（六三頁）いとも思う。また、キムは自分だけの母を誰かに奪われるのではないかと危惧し、思い通りにいかないことがあるとかんしゃくを起こす（一〇九頁）。まさに赤ん坊が母親を独占したいと思う心のあらわれである。

しかし、子はいずれ母とのまったき合一状態から脱し、一個の主体として自立しなければならない。

教育者としてのスプーンから徐々に言葉の意味を学びつつあるキムは、スプーンとの情交の際に、身体だけでなく言葉を使って対話するようになる。

私の肌の下にスプーンがいる。私たちは会話した。私たちは何百回と繰り返したファックの中で生まれて初めて体だけでなく言葉を使って対話した。（山田（a）九七～九八頁）

たんに「初めて」ではなく、「生まれて初めて」ということが鍵になる。「スプーンの不在の時にどんなに彼を欲したか説明した」（九八頁）というキムは、乳児であったフロイトの孫Ernstが母の不在の寂しさをfort-daの遊戯を繰り返すことで克服したように、言葉を発することによって乗り越えようとする。[14] キムはいう。「私は話し続けた。私の感情は完全に発情していた」（九八頁）。話すことで発情するキム。このときスプーンとキムとのまったき合一の間に言葉という他者が入り込む。キムの母からの自立は目前に迫っている。この後、警察・軍という文字通りの法が介入し、キムはスプーンと離別することになるのである。

書記言語の介入

スプーンはキムの「教育者たる地位」（山田（a）四〇頁）を築き、キムは次第に言葉を獲得していく。物語終盤には書記言語（スプーンが軍から持ち出した書類）が二人の生活に侵入し、キムの興味を引く。きたるべき母の喪失を予感してキムは焦る。「私とスプーンの自堕落な生活に何か重大なしおりが挟まれたような気がする」（七五頁）と。しおりを挟むことができる生活とは、書かれた物語を意識した表現である。欲望のおもむくまま野合のように繰り返された二人のセックスにも書記言語が侵入しはじめる。「彼の体は私を知りつくした主治医のようにカルテを刻んでいると思った」（一〇五頁）。キムの身体はロゴスによって観察され、解釈される。出会った頃は身体レベルにおいてのみ欲望を享受し合う関係だったが、スプーンはいまやキムの心にまで介入する。「あんたを見る度にあたしの心はジェリイのように揺れる。それをあんたに悟られてしまうのがすごい恐い」（一〇五頁）。心は言葉で構築される。言い換えれば、キムはいまや言葉によって構築された心を獲得したということである。

キムは言葉の意味を考え、言葉によって相手と渉り合う準備を整えつつある。マリアの影響下で具象と置換の世界のみに価値をおいていたキムが、スプーンという母の教育のもと、抽象的な概念を言葉によって操ることを覚える。それは、母の不在を悲しみ、fort-da の遊戯を繰り返した子が、その隙間を言葉という他者の介入によって埋めていくことにほかならない。かつてスプーンが自分と同じ場所にいないということは死んだのと同じだとしか認識できなかったキムが、いまやスプーンがキムの心に「記憶」という「傷」を残したことを自覚するまでになる。記憶は言葉によって紡ぎだされる。それが『ベッドタイムアイズ』という物語として結晶する。書かれた言葉は消えることなく記憶に存在を主張する。

言語の獲得

それまでは幼児のように快不快や欲求伝達レベルにとどまっていたキムの発話が、終盤スプーンへの評価、つまり価値判断のレベルに上昇したことに注目したい。スプーンの下手なお世辞にキムは初めてスプーンの言葉の温かさを感じ、永遠の別れを前に涙を流すスプーンに対して、母親の気持ちになって「かわいい子」と呟くまでに立場が逆転し、「うまく泣けているよ」と評価の言葉を与えるのである。目で合図を送り無言で去るスプーンを前にして、キムは初めて自分自身に「所有物」が出来てしまったことを悟る（一三四、一四二頁）。所有物とは「思い出という言葉」である。

私は思い出をいとおしんでいる！　思い出という言葉を！　私にはまったく関係のなかった意味のない言葉《ダムワード》。私は記憶喪失の天才であったはずなのに。（山田（a）一四一〜四二頁）

前述の有田和臣が指摘するように、キムがいとおしむのはスプーンとの思い出それ自体ではなく、思い出という「言葉」である。キムはスプーンという母を失うが、代償として言葉を獲得するのである。

法の介入と他者の発見

繰り返すがラカンの理論によると、子どもと母親の一体感が〈父の名〉によって〈去勢〉され、その結果子どもは言葉を獲得する。言い換えれば「存在そのものの所有はあきらめる」ということが〈去勢〉であり、それを経て子どもは言葉を語る存在、つまり人間になる。[15]『ベッドタイムアイズ』では終盤文字通り〈法〉が介入し、スプーンは刑事に連行される。警察はスプーンの本名である「ジョセフ・ジョンソン」の身分証明書（文字による存在証明）は持ち去ったが、スプーン（物体による置換）はキムの手元に残される。スプーンとともに過ごしたベッド上のシーツの隙間に、キムは無数の目が潜んでいると錯覚するが、それは愛を交わす際にスプーンが見せる特徴的な眼差しだ。

キムの語りにしばしば登場する「隙間」とは、完全なる享楽の世界（現実界）が言葉で分節化されたために出現した意味の切れ目の隙間のことである。この隙間をどう埋めれば良いのかをキムはかつてマリアに尋ねたが、現実界寄りに生きているマリア、つまり生身の人間が獲得することができない言語習得以前の（すなわち言語を習得したことによって失われる）世界に生きるマリアからは具体的な答えは得られなかった。しかしスプーンとの出会いと別れを経験したキムにとって、隙間を埋めるのは言葉以前の感情を湛えた「無数の目」である。スプーンが幾度となく寄越した「メイクラブの最中みたいな目付き」（山田（a）一二六頁）は、言葉と言葉の隙間を埋める象徴となったのだ。

母なるものとしてのスプーンは、キムに言葉を授ける役割を果たし終え、キムとの母子一体的関係は終わりを迎える。法の介入によってスプーンと引き裂かれたキムは、言葉という他者を取り込み、それによって愛の物語を語る方途を得る。スプーンの喪失を言葉で埋めるべく『ベッドタイムアイズ』という物語が綴られたのである。

異性愛マトリクスの脱構築

「眼差し」は、男性主体から客体である女性に向けられることが多かったが、『ベッドタイムアイズ』は全編をとおして女性であるキムの「眼差し」が重要な働きをしている。吉行淳之介はこの小説を「全編セックスを扱いながら、汚さがない[16]」と述べ、松本鶴雄は「悪臭が漂うような世界であるはずなのに、この小説にはそれとは逆の清潔感が満ちみち（略）これほどの濃密感のある純愛小説も珍しい[17]」と清潔や純愛という清々しい言葉を用いて評している。暴力的な言葉の応酬や激しい交情の描写が嫌らしくなく乾いた印象を与えるのは、かつて村上龍の『限りなく透明に近いブルー』に寄せられた評とも一致する。『限りなく透明に近いブルー』も、「見る人」の小説であった。

『ベッドタイムアイズ』という一見奇妙な題名も眼差しが大きな意味をもっていることを示唆している。「眉を互い違いにしかめ、片方の下まぶたを上に微妙に上げる黒人特有の」スプーンの眼差しは、即座にキムの体内に入り込み体中に「飛び火」し、「溶けて甘く染み込んで」（山田（a）一八頁）キムの言葉を創りあげる。スプーンが警察に連行される間際の描写である。

私の方を振り返り、しばらく私の顔を見詰めた後、片目をゆっくり、つぶって見せた。私は初めてスプーンと出会った晩を思い出した。慌ただしく愛し合った感動は凝固したまま体に残り、その後のあのウィンクと同時にカプセルが溶けて行くように私の心に効き始めたのだった。（山田（a）一三五頁）

先述したように、いにしえの〈日本〉においては目が合うこと、視線を交わすことは、性愛をあらわす言葉であったことを想起されたい。また見る行為を表わす英語の to see には「交際する／理解する」という意味がある。スプーンは「愛」という言葉を発さずとも、眼差しを交わすことでその意をキムに伝え、キムもそれに応えたのだった。

眼差しに関しては、メドゥーサに変貌するマリアのそれにも注目したい。マリアの前でキムはしばしば石化したように硬直し言葉を失う。また捨て子であったキムが母なる存在のスプーンと性愛関係を結ぶことは、キムのエディプス（Oedipus）性の証左となる。周知のとおりエディプスは、知らずに犯した実母との近親相姦の事実に深く衝撃を受け、自ら両目をついて視力を失うが、かわりに心眼を得るのである。

日本近現代文学においては「母胎回帰」と「近親相姦」の願望が男性作家たちによって繰り返し表象されてきたが、前述のとおり『ベッドタイムアイズ』においては皮肉にも女性主人公によって「母胎回帰」と「近親相姦」の両願望がテクスト上で完遂されていることに注目したい。キムとマリアの同性愛願望が回避され、スプーンとの異性愛に落ち着いたことは、表面的には異性愛マトリクスに則った合法的な性愛関係に収束したように見える。しかし本書が導入した位相によれば、異性愛マトリクスでは回収できない愛の回路がテクスト上に用意されていることが読み取れる。スプーンとキムの関係は異性愛マトリクスを超えて、母と子の関係を体現しているし、キムとマリアの破局は同性愛忌避によるものではなく、マリアがキムの同一化の対象として不適格だったことによる。

このようにキム、マリア、スプーンという三者の関係を通じて、『ベッドタイムアイズ』には愛のさまざまな階調が精緻な論理に則って描き尽くされているのである。

かくしてきわめて論理的に構築された『ベッドタイムアイズ』のテクストであるが、時代的制約からまったく免れているわけではない。章の後半では『ベッドタイムアイズ』が露呈する種々の問題を追及したい。

第二節　恋愛表現から見る対米関係

前述のとおり、日本の評者が『ベッドタイムアイズ』の性表現にまず目をひかれるのに対し、アメリカの日本文学研究者たちは異人種間の関係に着目する。リービ英雄はあたかも「日本人の女主人公が黒人の体をむさぼるように」（リービ 二一八頁）米語のスラングを「消費して」カタカナの日本語に置き換えたことを評価する一方、内容においては従来の日本文学における男女役割の逆転を果たしたにすぎず、背景に存在するグローバル・ダイナミズムに無頓着である点を鋭く指摘している。

男性作家がかつて描いていた女性像のように、スプーンは表現される対象ではあっても、けっして表現する主体にはなっていない。近代小説における「男―女」の軸をみごとに逆転させたことは『ベッド・タイム・アイズ』（ママ）の「新しさ」であり、勝利でもある。ただ、その逆転を

可能にせしめたのは、表現の媒体としての日本語における「外部」の不在に他ならない。(リービ 三〇頁)

ここでリービがいう「外部」とは、日本語社会において批判的視点をもちこめるリービのようなアウトサイダーの存在である。『ベッドタイムアイズ』は英語話者であるスプーンの発話に日本語のフィルターをかけて馴致し、一個の人間の歴史性や社会性を不問に付すことで、スプーンをたんなる記号もしくは物体として矮小化する。そのことに著者の山田詠美は意識的であると思われる。というのも『ベッドタイムアイズ』の二年後に発表された『ソウル・ミュージック――ラバーズ・オンリー』(一九八七年。以下『ソウル・ミュージック』と表記)のあとがきにこのような記載があるのだ。「これは、日本語の読めない私のかつての男たちに捧げた本である(18)」。『ソウル・ミュージック』は、「黒人男《ブラザー》と黒人女《シスター》」が繰り広げる小粋な恋愛ゲームを収録した短編集であるが、『ベッドタイムアイズ』と同様の差別的できわどい内容は日本語文学の安全圏内で流通することを前提に書かれている。要するに『ベッドタイムアイズ』も『ソウル・ミュージック』も「外部不在」の日本語小説なのである。

『ベッドタイムアイズ』の主人公キムは、好物のチョコレートを齧るようにスプーンの体をむさぼりつくし、最終的に語りの言葉を得る。熱烈な恋愛小説の体裁を取ってはいるものの、キムの視点で一方的に語られる二人の関係は、日米関係というよりも日本の対米意識――日本側からアメリカへの一方的な感情――の隠喩であるといえよう。極論すれば、二人の関係はすべてキムがねつ造した妄想であったとすらいえるだろう。物語は遡及的に語られているために、キムは自分自身がスプーンの生と性を専有化していることに意識的だ。読者はキムの視線に沿ってスプーンが不幸な過去をもつ黒人男なのだと解釈しがちだが、スプーン自身は「オレは、いつだって幸福だよ」と明言していることを見落としてはならない。それでもなおキムは「スプーンが嘘をついていると勝手に解釈をし」、「彼を幸福な気分にしてあげるというような大それた考えを持っていた」（山田（a）一七、一八頁）のである。キムは自分が作り出したスプーンの偶像に勝手に発情しているのだ。別れの予兆が見えはじめたとき、キムはスプーンのことを「何ひとつ具体的に知ってはいなかった」（一〇八頁）ことを実感し、スプーンが警察に連行される場面になってようやくある程度の知性と人格を持ち合わせた「ジョセフ・ジョンソン」という人間を意識し始めるのである。キムにとっては、想像の産物であるスプーンとの関係こそが重要だったのであって、もやは「ジョセフ・ジョンソン」となった男には興味がない。そうなれば二人の別れは必然である。

『ベッドタイムアイズ』は、アメリカに向けた日本の側からの偏愛をテクストに色濃く滲ませているのである。

『ベッドタイムアイズ』の政治性

ところが興味深いことに日本の研究者は口を揃えて『ベッドタイムアイズ』が政治と無縁であることを強調する。繰り返しになるが、清水良典は「きな臭い政治とも歴史とも無縁」だと述べ、そのことが逆に戦後の意識の変化を感じさせる（清水　一四四頁）と論じているが、この指摘はいくつかの考察材料を与えてくれる。

同様に竹田青嗣も、「かつて大江健三郎が描いたようなアメリカと日本の〝関係〟を隠喩するものはなにも隠されていない」と断じ、「この小説になにか形而上のものを求めても無駄なのである」（竹田一四四〜四五頁）と結んでいる。

清水と竹田の論は逆説的に正しい。というのも、たしかにキムの一人称語りがスプーンという男の過去を不可視化し、おもに室内で展開する二人の愛の交歓が物語の中心を占めているからである。しかし『ベッドタイムアイズ』のテクストが日米間の政治や歴史を不問に付していることこそがまさに政治的であり、『ベッドタイムアイズ』を歴史化（historicize）しているのである。

そのことを考えるために、ここで比較対象として大江健三郎の初期の短編を見てみよう。一九五八年に第三九回芥川賞を受賞した『飼育』[19]は、太平洋戦争末期の日本の鄙びた山村が舞台である。周囲から隔絶されたこの村では、戦時中にもかかわらずのんびりとした日常生活が営まれているのだが、そんな山村にある日突然米軍機が墜落する。村人たちは銃を手に墜落現場に分け入り、唯一の生き残りであった黒人兵を確保する。あたかも狩猟動物のように生け捕りにされた黒人兵は、県の指令を待つあいだ納屋の地下倉に監禁される。はじめは恐怖の対象でしかなかった黒人兵だったが、村人は次第におとなしい黒人の存在に慣れ、言葉は通じずとも交流を深めるようになる。しかしとうとう県への引き渡しが決定すると、黒人兵はにわかに暴力的になり、語り手の少年を人質にとって地下倉に閉じこもる。

『飼育』において黒人兵の挙動は牡牛や牡山羊のように喩えられ、獣性が極度に強調されるところに『ベッドタイムアイズ』との共通点が見出せるが、対照的なのは、黒人兵が村人に与える恐怖の感情である。主人公の少年は黒人兵に「躰が震えるほど」（大江 七二頁）の恐怖を感じ、そばに近寄るだけで「突発的な恐れに内臓が身悶えし嘔気をこらえなければならない」（七六頁）ほどだが、その反面黒人兵の肉体美に惹きつけられ興奮を覚える。少年は黒人兵が獣同然に食物を咀嚼する様や、「堂々として英雄的で壮大な信じられないほど美しいセクスを持っていること」（八六頁）に驚嘆して、彼から目が離せなくなる。終盤人質に取られた少年を救出しようと武装した大人たちが納屋に駆けつけるのだが、大人たちは地下倉の入り口にじっと固まったまま手が出せない。

黒人兵は叫びたてながら僕の躰をしっかり抱きしめ、壁の根へにじりさがった。僕は彼の汗ばみ粘つく躰に僕の背と尻が密着し、怒りのように熱い交流が僕らをそこで結びつけるのを感じた。

そして僕は交尾の状態をふいに見つけられた猫のように敵意を剝きだしにして恥じていた。（大江 九一頁）

少年は「僕の屈辱を見まもり、じっとしている大人たち」と「僕の喉に太い掌をおしつけ柔らかい皮膚に爪を立てて血みどろにする黒人兵」、そして自分を取りまくありとあらゆるものに敵意を覚える。耳元で咆哮する黒人兵の声が少年の鼓膜を麻痺させ、少年は「快楽の中でのように充実した無感覚へ」（九一頁）堕ち込んでゆく。薄暗くじっとりしめった地下倉での描写は、少年が黒人兵に凌辱されているようでもあり、自然の懐に抱かれ母胎回帰を果たしたようでもある。しかし次の瞬間、怒り猛った少年の父親が振り下ろした鉈によって殺される。

恐怖する男たち

『飼育』に顕著なのは日本人男性が感じる黒人への恐怖とその裏返しの魅力である。恐怖は相手に対する無知に端を発した自己防衛の感情である。戦時中でありながらその影響をほとんど受けず静かな日常生活をおくっていた山村に、突如天から降臨した異人の卓越した肉体がもたらした恐怖は、次第に畏れと憧憬に変わっていく。少年は黒人兵の性に魅了されるのであるが、そのことによって父親から罰せられる。父が振り下ろした鉈の一撃で、黒人の盾となっていた少年は、意識を失うほどの重傷を負ってしまう。黒人兵によって女性化しかけた少年は、父権によって処罰されたのである。『飼育』発表から二七年後、『ベッドタイムアイズ』に読者が驚愕したのは、『飼育』に示された黒人兵士に対する恐怖を日本女性であるキムがまったく共有していないことであった。当時の読者は黒人兵に対してではなく、むしろキムに対して恐怖と不気味さを覚えたであろう。清水良典はスプーンが在日米軍の兵士であったことを敗戦の歴史と結びつけて重要視し、「占領軍の延長」である在日米軍兵士の存在は戦後の日本人にとって「禁忌と屈辱の源」でありつづけてきたと論じている。清水は続けて、

この作品から多くの読者が受けとった驚きには、どこか国家的記憶の奥底の瘡蓋を剝がされる痛みと恐怖が混じっていたといってもいい。だから、このデビュー後に山田が受けた数えきれない誤解や悪罵は、ある意味で当時の「恐怖」の正確な反映だったともいえる。(清水 一四三頁)

と述べる。このように清水はキムが黒人の米軍兵士となんのためらいもなく肉体関係を結ぶことが「国家的記憶の奥底の瘡蓋を剝がされる痛みと恐怖」を引き起こしたと論じている。だが清水のいう「国家的記憶」ははたしてすべての「国民」に共有されていたものであろうか。松田良一は「恐怖」の源を清水より明確に指摘している。

おそらく当時、多くの男たちは、『ベッドタイムアイズ』に少し恐怖していた。もともと女性は性的には受け身で、積極的な性的な欲望などあるとは考えていなかった幻想が打ち壊されたことに衝撃を覚えていた。（松田 一八六頁）

松田は「恐怖」を覚えていたのが「多くの男たち」であることを看破する。自らの欲望に忠実に、黒人の身体から快楽を得るキムに対して日本の多くの男性読者が抱いたのは、日本の女が自分たちを捨て戦勝国の男に走ったという衝撃と屈辱、強者に靡いた女への憎悪、そして自分も戦勝国の女（あるいは男）と快楽に溺れたい（がそうできないのが悔しい）という羨望の入りまじった感情といえるだろう。

『飼育』を好きな作品の一つに挙げる江藤淳は、『ベッドタイムアイズ』を高く評価して以下のように発言している。

戦時中、敗戦国の男性は去勢され、女性は娼婦にされるとよく言われてたものですが、まさに四十一年たった今が、そうであることを山田詠美さんはよく見ています。[20]

江藤はこのように発言しているが、ここに江藤の謬見《びゅうけん》が表れている。キムは「ビッチ」を目指してはいるものの、スプーンの「娼婦」であったことは一瞬たりとも、ない。

清水がいうには、幕末以来外国人男性と日本人女性との性交は「強者の異国人に母国の女性が蹂躙される悲劇、あるいは屈辱として語られるのが常」であり、『ベッドタイムアイズ』に「その種のナショナリズムや歴史意識と結びついた屈折」(清水 一四四頁)がかけらも認められないことに驚きを込めて論じているのだが、清水の言に「蹂躙」「悲劇」「屈辱」などの禍々しい文字が躍るなか注視したいのは、いったい何が「蹂躙」され、誰にとっての「屈辱」と「悲劇」が語られているのか、ということである。「屈辱」は、自国の女を強者の外国人に寝取られた日本の男が感じたのに違いなく、「蹂躙」されたのは彼らのプライドであろう。

興味深いことに、『ベッドタイムアイズ』と同時に芥川賞を競ったのは、ユダヤ系アメリカ人男性との結婚による文化摩擦をテーマにした米谷ふみ子の『過越しの祭り』(第九四回芥川賞受賞)であった。日本人女性とアメリカ人男性の恋愛が当時の日本でいかに一般の関心を集めていたかがよくわかるが、その背景には未曾有の好景気へと向かう日本経済の台頭と、それに伴ってバブルのように肥大した日本人の張りぼての自我が認められる。

江藤は『ベッドタイムアイズ』を評して「作者は、自分の言葉で、人生に対しても黒人兵に対してもほとんど零距離の近みにまで肉迫し、それを受け容れ、かつそうしている主人公を正確に見据えている」と絶賛した（清水　一四五頁）。江藤の評を受けて清水は「日米関係の距離が、百年以上をかけて一対の男女の「零距離」に近づいた歩みを、この小説は否応なく日本人に思い知らせたのである」（清水　一四五頁）と述べているが、「零距離」に近づいたのは――少なくとも『ベッドタイムアイズ』においては――日本の女と、その女が想像・創造した黒人偶像であって、「ジョセフ・ジョンソン」という名をもった生身の人間ではない。さらにいえば、いまだかつて日本の男とアメリカの普通の女が「零距離」にまで肉薄した小説はあっただろうか。

アメリカという夢

基地の町佐世保市出身で『限りなく透明に近いブルー』（一九七六年群像新人文学賞、芥川賞受賞）で鮮烈なデビューを飾った村上龍は、エッセイ集『アメリカン★ドリーム』（一九八五年）のなかで、子どもの頃に抱いたアメリカへの憧れについてこう記している。

> 原風景と呼ばれるものは誰にでもある。私にとってのそれは、アメリカ軍基地内の美しい芝生にデッキチェアで寝そべる金髪の女だ。（略）
> 私はその金髪の女と話すことはできない。金網があるので近づくこともできない。もちろん触れることもできない。ただ、見るだけだ。いい匂いが漂よってくる。陽の当たる芝の香り、女が

耳の後につけたコロンの匂い、家の中から届く肉とバターの匂い……（略）音楽が聞こえる。甘い甘い『ラブ・ミー・テンダー』だ。今の自分にないものが全部ここにはあるのだ、幼い私はそう思う。[21]

村上の「夢」をテクスト内で達成することを目指したのが『ベッドタイムアイズ』である。だが『ベッドタイムアイズ』が描いた世界もまた「夢」にすぎない。

日本の「被占領性」を暴露した村上の『限りなく透明に近いブルー』は、横田基地周辺に住む若者たちが、米兵とのパーティに明け暮れ麻薬と酒とセックスに溺れる様を描き、江藤淳から酷評された（村上（a）一二三四頁）。語り手の日本人青年リュウは、黒人兵からヘロインを打たれ、顔には化粧を施され、自由がきかない身体の上でアメリカ人が繰り広げる痴態を、他人事のように冷めた目で描写する。

野獣のような「黒人女」の体にペニスをとられ、口には黒人兵ジャクソンのペニスをつっこまれ、右足指は「ブクブクに太った白人の女」の「豚の肝臓」のような巨大な性器の中に埋め込まれる。[22]「おい、リュウ、お前は全く人形だな、俺達の黄色い人形さ、ネジを止めて殺してやってもいいんだぜ。」（村上（b）六五頁）

「オカマみたいな顔」（村上（b）二六頁）をしたリュウは、アメリカ兵の性の玩具[23]のように扱われているが、そのことに恥辱や屈辱を感じている様子がまったくうかがえないことは『ベッドタイムアイズ』のキムと同じである。実際『ベッドタイムアイズ』には、約一〇年先行する『限りなく透明に近いブルー』と共通するモチーフが多く使われている。

大江の『飼育』を好きな作品に挙げる江藤が『限りなく透明に近いブルー』には酷評を、『ベッドタイムアイズ』には賛辞をおくった理由はどう考えたらいいだろうか。『限りなく』のリュウが黒人兵から恥ずかしげもなく女性化された扱いを受けることに屈辱を感じ、逆に『ベッドタイムアイズ』では敗戦国日本の女が、戦勝国アメリカの黒人兵の肉体を消費し、性愛の主導権を握っているように描かれたことで、多少なりとも日本の男性知識人の溜飲が下がったから、と言ったら言い過ぎであろうか。

日本の批評家から驚きをもって受け止められた『ベッドタイムアイズ』の性愛表現だが、一部にはなんの驚きもなく受容した読者たちがいた。それは少女漫画の愛読者であった。次節ではその点を論じたい。

少女漫画と『ベッドタイムアイズ』

発表当時過激な性愛描写が評論家から賛否両論をもってスキャンダラスに論じられた『ベッドタイムアイズ』であったが、それほど大きな衝撃を受けなかった読者たちも存在する。少女漫画愛読者である。松田良一は少女漫画の表現水準に無知であった大人の読者や一部の評論家が『ベッドタイムアイズ』にむしろ過剰に反応したことと、このような性表現はすでに漫画家時代には普通にしていたという山田の発言を紹介している（松田 一八四頁）。

少女漫画はその始まりから読者少女が抱く異国文化への憧れとともに、関係性の希求とせつなさの感情を重要なモチーフとして表現してきた。それらの要素は『ベッドタイムアイズ』のテクスト上に多々看取される。以下に『ベッドタイムアイズ』に見られる少女漫画の影響と、それが示唆する問題について論じたい。

よく知られたことだが、山田詠美は小説家としてデビューする以前に短期間ながらもプロの漫画家として活動していた。よって小説家転身以降の作品が漫画家時代と同一線上のテーマを展開させたものだと考えることが可能だ。一九八一年から一九八二年に『ギャルズコミック』誌に連載された『ミス・ドール Miss DOLL』という作品は『ベッドタイムアイズ』の原型となっており、ストーリーが酷似している。山田詠美が慣れ親しんだ少女漫画の世界とはどのようなものであったか。

少女漫画の影響力

山田は子どもの頃月刊少女漫画誌『りぼん』を愛読し、一条ゆかりの作品が好きだったことを明かしている。[24] 一条ゆかり（一九四九年生）は『りぼん』を中心に活躍した人気少女漫画家である。ドラマ性が高く外国の男女が繰り広げるおしゃれで小粋なラブストーリーを得意とし、一九六八年に一九歳でデビューして以来、数多くの少女の夢と憧れを表現する作品を発表しつづけてきた。少女漫画研究者の藤本由香里は、少女漫画のラブストーリーは「輸入恋愛として出発した」[25]ことを指摘し、その旗手の一人として「ラブロマンスの女王」一条ゆかりを挙げている（藤本 一九頁）。

山田詠美が少女時代を過ごした一九七〇年代に日本の少女漫画界は隆盛を極め、一条ゆかりをはじめ萩尾望都、竹宮惠子、山岸涼子、青池保子ら、現在も現役で活動するスター作家が多数輩出した。黄金期の少女漫画の影響力は絶大であり、インターネット時代の到来以前の少女たちの〈想像の共同体〉の形成に大いに貢献した点では、明治・大正期の『女学雑誌』等の女性向け雑誌の力と比せられるだろう。

当時これらの漫画家自身が一〇代半ばから二〇代前半の少女たちであったことが重要である。少女漫画家たちは同年代の少女読者の気持ちをすばやく的確に作品にすくいあげ、それが流通することで少女たちの夢に具体性が与えられ、イデオロギー的・物質的現実性が少女たちの内面に強固に構築されることとなった。一九六〇年代以降、学園もの、恋愛もの、継子・孤児の成長譚、スポ根もの、歴史もの、怪奇・SFものと、ありとあらゆるジャンルの作品が週刊・月刊誌上に発表され、一九八〇年代初頭には表現上のピークを迎えていた。性愛を描いても同性愛、近親相姦、性別越境、単為生殖など、少女漫画の作品世界はじつに多様化・先鋭化していたのである。少女漫画の世界ではその核に

「愛の幻想」を残しつつも「女装・ホモ・レズ、なんでもありのアナーキーな多型倒錯の世界がくりひろげられ」（三二頁）ていたのである。このように過激な表現が少女たちに受容された背景には、「現行のジェンダー・システムの中で女性が常に劣位におかれ、搾取されがちであった」（一六七頁）ことが考えられる。日常における不満の解消行為として、少女たちはアナーキーで超規範的な夢を漫画に投影させたのである。

少女漫画は舞台が西欧風の場所だったり、登場人物が外国人の特徴を備えていたりする。それは前述したように少女たちの現実逃避願望の反映である。日本人同士の卑近なドラマは、読者を取りまく生々しい現実と隣りあわせであり、夢を提供する娯楽としては不適格である。『ベッドタイムアイズ』でキムが恋愛相手に外国人を選び、エキゾチックな基地の街を舞台としていることは、そこで展開する性愛がポルノグラフィックな性欲によるのではなく「身体の愛情表現」（松田 一八八頁）だと読者に思わせる少女漫画の作用と一致する。

酒とドラッグ、セックスと暴力に彩られた原色の生活を送るキムは、一見少女とは相容れない存在のようだが、キムがスプーンに対して抱く一途さやせつなさは、黄金期の少女漫画に通底するキーワードである。山田はそのものずばり『せつない話』という自らが編者を務めたアンソロジーのあとがきで、小説を書く原動力にせつなさの感情があると述べている。[26] せつなさは言葉以前の感情を言葉に汲み取ろうとして葛藤する心の状態の一形態を表した語といえよう。

藤本が指摘するように、少女漫画は元来、人と人との「関係」や人間の「感情」を描くものであり、とくに一九八〇年代以降には「感情の原形」や「感情の生まれるところ」を注視した作品が多数発表されている（藤本 三〇〇頁）。既に見てきた通り、一九八五年に発表された『ベッドタイムアイズ』は、スプーンとの接触が惹起する未知の感情を言葉で表現しようと模索する少女キムの成長譚だ。キムに見られる少女性と、少女であるがゆえに直面する煩悶は、『私小説』の美苗や『絶唱』の石内とも通じる性質と考えられる。また『ベッドタイムアイズ』は孤児キムの母親探しという少女漫画の王道テーマに還元できることも指摘しておきたい。

少女漫画は読者の夢と憧れの対象として、少女たちが消費しやすい疑似西欧文化を提示し、同年代の代表である少女漫画家が描く理想の姿に読者の心はしっかり捕縛される。漫画があまりにも日常的な媒体であるがゆえに、少女漫画は当時の少女たちに西欧風の価値観を強固に内面化させるという罪作りな役割を果たしたといえよう。したがって、実世界でその矛盾と対峙せざるを得ない状況が訪れたとき、かつての少女たちは激しい葛藤を覚えるのである。第一章で論じた『私小説』の主人公美苗や『ベッドタイムアイズ』のキムの人種観にその影響を見て取ることができる。つまり少女漫画は、美苗やキムの心に白人至上主義（その延長線上にある白人との同一化希求）とその陰画としての人種的劣等感を植えつけてしまった一因なのである。

『ベッドタイムアイズ』の人種観

『ベッドタイムアイズ』はこれまで日本文学であまり取りあげられてこなかった日本女性と黒人の恋愛を描いて社会に衝撃を与えた。しかしそれは『ベッドタイムアイズ』のテクストが人種的偏見から完全に解放されていることを意味してはおらず、黒人に対するステレオタイプ的な（差別的な）表現に終始していることは注意しておかなければならない。『ベッドタイムアイズ』の原型となった『もう一つの国』の著者ジェイムズ・ボールドウィンは、出身地ニューヨークを離れ長くヨーロッパに住んだが、それは彼がヨーロッパの地において黒人以前に一人のアメリカ人として遇されたことに新鮮な感慨を覚えたからであった[27]。だが『もう一つの国』の黒人青年ルーファス・スコットを基に造形されたと思われる『ベッドタイムアイズ』のスプーンは、アメリカ人である前に黒人であり、粗野で獣的という差別的な黒人に対する偏見がそのまま踏襲されている。そもそも主人公キムの恋人はなぜ黒人のアメリカ兵でなければならなかったのか。そこには、キムによって表象／代表される日本人の人種的劣等感が透けて見えるのである。

村上龍は『アメリカン★ドリーム』で子どもの頃に刻印されたアメリカに対する想いを語っている。「祖父の家で鳴る浪花節よりもオンリーのハウスから聞こえるプレスリーの方が好きだった」（村上（a）九頁）と語る村上は、ＧＩが聞いていたアメリカン・ポップスが強者の音楽として耳に響き、なにより陽気で楽しそうだったと述べている（八三、八六頁）。「目に見えるもの、触れるもの、食べられるものを先頭に押し立てて、ポップの波を日本に寄せた」（八六頁）アメリカ文化は、まさに快楽の具現化・物質化であり、戦争を直接体験していない世代の作家にとっては単純に強くて豊かでカッコ良かったのだ。キムとスプーンの組み合わせは、もちろんボールドウィンの影響もあるだろうが、山田詠美にとってもっともスタイリッシュで粋《クール》な選択だったのだろう。[28] しかしその背後には複雑なパワー・ダイナミクスが交差している。

リービ英雄は『ベッドタイムアイズ』のテクストに「優越感の奥に潜む島国独自の人種差別」（リービ 二六頁）を看取している。キムの意識に見え隠れする日本人の人種差別観と、その裏に張り付いた劣等感について以下で分析していきたい。

『ベッドタイムアイズ』はキムの視点と語りを通してスプーンの獣的性質を強調する。リチャード・オカダは山田詠美のテクストが「黒人登場人物をロマンチックなステレオタイプに変貌させ、その特殊性を抹消してもいる」（オカダ 八五頁）と批判し、その例として山田のテクストで黒人が「無限の精力、暴力癖とアルコール癖、恐ろしいほどの食欲、独特の体臭（略）、麻薬常習と麻薬密売、理性的思考と明確な発話の困難さ」（八六頁）をもって表象されていることを指摘する。野獣（brute）を連想させるBRUT[29]という男性化粧品を愛用するスプーンは、キムによって文字通り「野獣」や「黒い魔物」と表現されている。

まさしく彼は私の体内に棲みついた野獣だった。（山田（a）一三二頁）

この黒い魔物は私の心を汚ない言葉で満たして行く。（山田（a）六一頁）

その後もスプーンに対して「汚ない」「臭い」という言葉を連発するキムは、スプーンに差別的表現を用いることによって自分の優越性を際立たせている。

汚ない物に私が犯される事によって私自身が澄んだ物だと気づかされるような、そんな匂い。彼の匂いは私に優越感を抱かせる。（山田（a）一三頁）

キムはニューヨークのスラム出身である典型的な貧困黒人を頭に描いて「ドラッグスとは共存関係に」あり「劣等感の塊りの臭い匂いがする」「育ちの悪い大馬鹿」（山田（a）三四、五五、九四頁）としてのスプーンのイメージを作りあげている。リービ英雄は『ベッドタイムアイズ』のテクストから「純白が汚されて逆にそれが聖化されるという古典的な女性神話と、外部に犯されたときに逆に「文化」という名の優越感に走る島国のマゾヒスティック・ナショナリズム」（リービ二六頁）を読み取り、このような表現にアメリカの読者は日本独自の人種差別観を感じると述べている（一一八頁）。

『ベッドタイムアイズ』は二〇〇六年に英訳本が出ており、そのなかで前記の部分がどのように訳されているかを調べてみたところ、興味深いことに「汚ない物に私が犯される事によって私自身が澄んだ物だと気づかされるような」や「育ちの悪い大馬鹿」「彼の匂いは私に優越感を抱かせる」といった差別的な表現は、著者、訳者、あるいは編集者の意向からか英訳本にはまったく反映されていないことがわかった[30]。黒人に対するキムの差別発言とその裏返しである優越感の表現がともに英訳されていないということは、これらが日本語圏内でしか流通することが認められない表現だということの証左ではないか。

　差別表現に注意してスプーンの発話に目を向けると、キムはスプーンの言葉にあえて野卑な日本語をあてている。たとえば、スプーンの口から最初に出たのは「足を降ろせよ。疲れねえのかい。上げっぱなしでよう。もっとファックが欲しいんなら二度目はシーツにくるまってやりてえな」という「チンピラのよう」（山田（a）一八、一一頁）な言葉である。キムとスプーンの会話は英語で行われているはずなので、スプーンの話す英語はテクスト上でキムによって日本語に翻訳されていることに留意したい。キムを一目で惹きつけた素晴らしい肉体を有し、場違いなほどの正装でキメている男であるのに、あえて粗野な日本語に変換しているところにキムの意識が露呈する。スラングを連発し下卑た言葉しか話せない「大馬鹿」として造形されることで、アメリカの「4文字コトバ」（four-letter words）が本来もっている批評性が希釈され「ニューヨークの黒人が常に鎧っている痛烈で苦々しい知性が殺されてしまう」(リービ 二八頁)のである。
オカダは山田詠美のテクストを分析して、「山田詠美の言説が行う専有化は、結局は自己目的的でナルシシスティックである」(オカダ 九〇頁)と批判している。オカダによれば、山田が想定する読者とは「まず何よりも、彼女の主人公たちのソウルフルな話が本物かどうか注意深く観察してこちらを批判したり、怒りの反響をこだまさせたりする恐れのない、日本の読者(主に女性)なのである」(オカダ 九〇頁)。第一章で取りあげた水村美苗の場合と比較すると、水村、山田の両者とも、英語話者にテクストが読まれないことを想定して作出した点では一致する。水村の場合はそこに英語の覇権に対する異議申し立てという政治的姿勢が見てとれるが、山田の場合は水村の意図とは異なり、差別表現への批判回避という機制が働いている。その証左として『ソウル・ミュージック——ラバーズ・オンリー』(一九八七年)のあとがきを再度引用しよう。

彼らにはこの本が読めないことを私は「男好き」の知恵でちゃんと知っている。これは、日本語の読めない私のかつての男たちに捧げた本である。(山田(c)二一四頁)

安全圏にいられるということが、『ベッドタイムアイズ』を『私小説』に比して切迫感と批評性の弱いロマンチックな作品にとどめているのである。

キムはスプーンの黒い肌の色を「最も不幸で一番美しい色」（山田（a）四八頁）とロマンチックに描写し、黒人が肌の色のせいで否応なしに嘗めさせられている辛酸に無頓着である。肌をどんなに灼いても黒人の色には近づけないというとき、キムの内部に存在する二つの意識が見え隠れする。第一に、黄色人種のキムにとって肌の色は化粧や日焼けで変えられる程度の認識であることを強調することで、『もう一つの国』のレオナのような無邪気さ（イノセンス）を演出している。だがいくら努力しても黒人の肌の色には近づけないと否定形で語っていることからわかるように、キムは人種の壁の絶対性に恭順であることが明示されているのである。このことはキムが意識裡にスプーンとの間に優劣を伴った境界を設けていることを示す。キムは同胞の日本人への嫌悪感を露わにしながらも、日本的性質から抜け切れず、外見を黒人に似せても結局は日本人でしかない自分自身に劣等感を抱いている。払しょくできない劣等感の否認行為として、キムは常に自分より下位の存在（見下せる相手）を欲しているのである。

キムとスプーンの関係には、バブル期のアメリカ黒人兵と日本女性の相対的な社会的経済的格差（と日本側から信じられていたもの）がなぞられている。すなわちアメリカ社会の底辺近くに属し、軍に入隊するほかに仕事にありつけないハーレム出身の貧しい黒人を、クラブ歌手の日本女性が「買う＝飼う」状況が設定されていることである。オカダは「アメリカのＧＩがたむろするディスコの場面は、買うという行為を紛れもなく物語の中に刻印する」とし、暗黙の了解で日本女性がＧＩを「家庭用ペットのように自由に扱」っている山田の初期テクストの傾向を指摘する（オカダ 八七頁）。キムはスプーンに対してさすがに「ペット」という語は使わないが、海軍脱走兵を日本女性が「飼う」という表現はテクスト上にたしかに見受けられる（「金を貢いで思いのままにその男を飼ってみようか」（山田（a）一一二頁））。

キムは優越感を抱ける相手でないと気後れせずに付き合うことができない。したがってマリアとは、マリアがスプーンとの浮気で失態を犯すまで対等な付き合いができない。キムがスプーンに抱く優越感の裏には、「みっともなし」の日本人としての劣等感がぴったりと貼り付いている。スプーンがキムの浮気を疑う場面にそれが顕著である。

「そいつは黒人《クロ》か白人《シロ》か、まさか日本人じゃねえだろうな。あんなアグリーな連中じゃ…」

「あんたって最低の男だよ！　アル中でジャンキーで。あたしだってみっともなし《アグリー》の日本人なんだ。だけどあんたよりましだわ！　黒人て汚ない。だから生まれつき、不幸なんだ！」（山田（a）五七頁）

「アグリーな」日本人は、黒人と白人の二項対立にすら参加できない惨めな存在である。その事実を指摘したスプーンを攻撃するためには、キムは人種以外の価値判断、すなわち汚さ、悪臭、不幸などの文化的基準をもちこまざるを得ないのである。

キムの語りには対人関係における優劣表現が頻出し、常に自分と相手の立場を確認しつづけずにはいられないキムの姿勢が描写されている。これは第一章で触れた美苗の心性と一致する。清水良典はキムとスプーンの間のパワー・ダイナミクスを以下のように論じている。

スプーンは「ハーレム生まれ」の黒人である「劣等感」を病んでいるが、その彼にとって、さらに「アグリー」なのが日本人であり、その日本人であるキムは恋の主導権を握りつつも、懸命にハーレム風の「ビッチ」になりあがろうとしている。（清水 一五〇頁）

誇称である「ビッチ」に逆説的にキムが「なりあがろうと」する心理の裏には、日本人であるキムが自分を「ビッチ」以下の存在だと認識していることがある。清水いわく『ベッドタイムアイズ』とは「ホワイトが欠落したまま、ブラックとイエローが相対的な「劣等感」を背負って争うドラマ」（清水 一五〇頁）なのだが、私が思うに「劣等感」を背負って争っているのはキムであり、スプーンはその争いには参加していない。優越感やら劣等感やらを持ち出してパワーゲームを仕掛けているのはいつもキムの側で、対するスプーンは常に泰然自若としているのである。黒人が白人に対して抱く感情は「劣等感」ではなく「怒り」だとリービ英雄は喝破する。

劣等感－優越感という軸は、「外部」に対処する島国の理論である。太古の大陸から新大陸に連行された者たちの末裔が、白人に対して抱いているのは、より澄明で「健全」な怒りである。その怒りが「劣等感」という近代日本語の三文字言葉に「翻訳」されたとき、黒人の正当な「文体」が抹消されてしまう。（リービ 二八～二九頁）

リービの論を確認するために、ここで再度『ベッドタイムアイズ』をボールドウィンの『もう一つの国』と比較してみよう。『もう一つの国』の中心テーマは、たしかに黒人が白人に対して抱く「劣等感」ではなく、「怒り」と「憎しみ」である。黒人青年ルーファスは、白人であるレオナ個人に対して抱いている愛情と、白人種に対する抑えようのない憎しみの狭間で苦悶し、黒人として白人のレオナに「復讐」の刃を向けてしまう。結果レオナは完全に精神を病んで二人は離別するのだが、レオナを破滅に追いやった自分自身に絶望したルーファスは、「白人の神」に呪詛の言葉を投げつけて自殺を図るのである。

翻ってキムとスプーンの別離は、ここまでの絶望感をもって描かれてはいない。キムとスプーンの結びつきを日米における人種の力学関係にあてはめると以下の結論が導き出せる。

——日本社会で周縁化された存在であるクラブ歌手の若い女性が対等につきあえる相手、しかも状況次第で優越感にも浸れるという複層的な力関係が交差する対象として選ばれたのがアメリカ人黒人兵スプーンである。——

端的にいえば、恋愛の相手が黒人男性兵士であることで、ようやく日本の女が心理的に対等もしくは優位に立てるようになったのである。キムの相手が白人男性でも日本人男性でもこのようにはならない。前者に関しては帝国主義の力学が、後者ならば家父長制力学が発動してしまうため、どちらにおいてもキムは劣位におかれてしまう。ではアメリカ黒人であるスプーンが相手ではどうか。

スプーンはなんといっても戦勝国の兵士である。この点でスプーンは日本人に対して圧倒的に優位である。さらにスプーンが英語話者であることも見逃せない。キムは英語コンプレックスを抱いていると考えられ（ここにも美苗の影がちらつく）、スプーンとは学習言語である英語で話をしなければならない点でキムは劣勢である。これらの点に関しては、スプーン優位・キム劣位の図式は対白人、対日本人男性の場合と変わらない。

反対に、キムがスプーンに対して優位に立てる点を三つ挙げると、舞台が日本である限りキムは人種的に多数派でいられること、さらにキムは宿無しスプーンを「飼って」いること、最後にキムは黒人がアメリカでおかれた「不幸な」境遇に対してロマンチシズムを含む偏見を保ちうる安全な距離に身を置いていることである。スプーンが不幸な黒人であるというイメージでキムが脳内武装している限り、キムはスプーンに対して優位な立場で付き合うことができる。さらに、黒人の性的なアグレッシブ性を前景化することで、性の言説において白人・日本人男性を凌駕でき、そのような相手をパートナーにもつキムは、白人・日本人に対して優越感を抱けるのである。このようにしてスプーンとキム、それぞれの優位性を相殺すれば、キムは気後れすることなくスプーンと付き合うことができるのである。もちろんこれもキムの側の一方的な"appropriation"（専有化・割り当て）であることはいうまでもない。

「みっともなし」の日本人

キムはマリア姉さん以外の日本人を「みっともなし」と呼んで蔑んでいる。そのマリアも、スプーンとの浮気発覚場面で「みっともなし」に降格する。ストリップ劇場の楽屋で、畳に直置きされたカレーライスをかき込む「何匹かの」日本人女性ダンサーたちは、キムによって「白くぶよぶよとした足」をもつ「太った豚」と名指されている。「日本人＝豚」の図式は、前章で述べた映画『豚と軍艦』を想起させる。また日本人の男のペニスは、黒人のディックや白人のコックとも違い、名前すら与えられない「可哀そうなもの」扱いである（山田（a）一四頁）。『ベッドタイムアイズ』のテクストにおいて、日本人は一貫して稚拙で弱々しくみっともない存在として描かれ、「海草」のイメージと関連づけられている。海草のような「みっともなし」の日本人とはどのような謂いだろうか。

先ほど引用した「あたしだってみっともなし《アグリー》の日本人なんだ」と言う場面で、スプーンはキムの浮気相手を疑うときにまず黒人か白人かを問い、日本人は想定外である。キムはスプーンの言葉に激高するが、それは自分自身がその「みっともなし《アグリー》の」一員だからである。しかしここで二人の認識には微妙なずれがあることを指摘したい。スプーンのいうアグリー（ugly）という語は「醜い」という意味であり、キムが発した日本語の「みっともなし」とはニュアンスが違う。「みっともない」という語は、人目に対して体裁が悪いという意味で、美醜というよりは他人の目を意識した恥辱を表す言葉である。ここで「海草」のイメージが生きてくる。清水は「海草」の比喩に、ふらふらと日和見的な日本人の負のイメージが重ねられていると論じている。

> 海底の岩や地面に根付いて潮の流れに任せて揺れている海草は、自らの意志で動きまわることはできない。自立の精神が薄弱で、周囲の環境に従属しがちな日本人のメンタリティを絶妙にとらえたメタファである。（清水 一五二頁）

「意志を持たない操り人形」のような「自己主張ひとつ出来ない幼く可哀そうな」日本人であるキムは「あまりにも無知で海草のようにふらふら頼りなくて指導者を必要としていた」（山田（a）七～八、

一四、八三〜八四頁）自分自身を恥ずかしく思い、そこからの脱却を図るための手本としてマリア姉さんを頼っていたのだが、そのマリアですらスプーンの前では「海草」に堕してしまう。このときキムははじめてマリアと自分が同列にあると認識し、マリアに対して「あんた」という呼称を使って罵倒するのである。

「みっともなし」状態から脱却するためにキムがしたことは、「ビッチ」の黒人女《シスター》的生態を模倣することである。『ソウル・ミュージック』に収められた「WHAT'S GOING ON」という短編では、黒人《ブラザー》の男と踊る日本娘を黒人女《シスター》の目から以下のように描写している。

「見てよ。あの日本人の女」

ジャネイラの声でダンスフロアに目をやる。髪の長い日本人の女の娘《こ》が黒人《ブラザー》の男と踊っている。二人とも知り合ったばかりで、踊ることによって相手を知ろうとするかのように体を近寄らせている。

「素敵じゃない」と、アイダ。

「黒人《ブラザー》の男には、それにぴたりと来る女たちってのがいるもんよ。なんだって最近の男たちは、ああいうのとくっつきたがるんだろう。あの薄い唇！　メイクラブしたってたいしておもしろかないわよ。ブラザーのディックはあたしたちの厚い唇のためにあるのよ」（山田（c）一〇〜一一頁）

主人公のアイダは友人ジャネイラの辛辣な言葉に困惑する。黒人女《シスター》であるアイダの口から日本の娘に対して素敵だという寛容な言葉を吐かせることによってあたかも自己弁護するように、山田は「日本人の女の娘《こ》」を持ちあげ救っている。この本のあとがきで山田は次のように高らかに宣言している。

私のアパートメントの窓の下は横田基地のゲートだ。セキュリティはいつも私をフィリピン人かと聞く。BULL SHIT! 何、言ってんの。私の心はいつだって黒人女《シスター》だよ。日本語を綺麗に扱える黒人女《シスター》は世の中で私だけなんだ。（山田（c）二一四頁）

山田がここで日本語の運用能力を持ち出していることに注意したい。生粋の黒人女《シスター》に対抗し自我を保つための武器は「日本語を綺麗に扱える」という一点のみ。しかしハーレムの黒人女《シスター》は、「日本人の女の娘《こ》」と張り合うのに日本語の知識は必要ない。ここで逆説的に山田の劣等感が露見する。「日本語を綺麗に扱える」という点以外では、生粋の黒人女《シスター》に負けているというわけだ。

英語話者に対する劣等感

『ベッドタイムアイズ』でキムは日本人の「醜い」踊り子たちを「見るのには耐えられなかった」（山

田（a）二〇頁）と口撃する一方、フィリピン人ダンサーたちとは楽しく交流している。それは彼女らと「英語で交わすジョーク」が「気がきいていて楽しかった」（同頁）からである。あたかも英語話者はカッコ良く機転が利くかのごとく描写され、外見上の問題がいつのまにか言語（間の優劣）の問題にすり替えられている。この点も水村美苗の『私小説』を髣髴させる。

言語に関してもう一点指摘したい。見てきた通り『ベッドタイムアイズ』には優劣に関する表現が多出する。それは主人公・語り手が自分の位置を常に確認しなければ気が済まないことに起因する。このことは山田詠美自身の意識の反映でもあるだろうが、より大きな視点から見れば、以下の二つの要因が挙げられるだろう。第一に、社会における個人の位置確認に対する強迫観念は、近代以降の人間の宿痾《しゅくあ》といえることである。白人（あるいは社会的強者）が黒人（あるいは社会的弱者）を差別視するのは、そうすることでしか自分の優位を保持できないからである。近代以降、社会的移動の自由が増大したことによって、人は常に競争にさらされることになった。キムそして美苗の心性はまさに近代人としてのそれである。そこからの脱却の可能性については、終章において提案したい。

第二に日本語の特性、すなわち日本語の構造が問題だと思われるのである。丁寧語、尊敬語、謙譲語などのさまざまな敬意表現、ジェンダーによって異なる語彙や表現形態など、日本語話者は瞬時に相手との距離と上下関係を調整しなければ発話をすることができない。言語が意識を規定するというサピア－ウォーフ仮説に依拠すれば、このような日本語の特殊な言語構造が横滑りして、自分と他者を常に優劣の秤で選別しがちな心性を有することにつながっているとはいえないだろうか。もちろん日本語母語話者全員がそうであるというのではない。だがこのような特性をもつ言語を話す者は、容易に他者に対する差別的な心性に横滑りする可能性があることは心に留めておかなければならないだろう。

キムがスプーンに対して「劣等感の塊の臭い匂いがする」というのは、自分自身の劣等感を投影したものにほかならない。黒人の怒りを「劣等感」という言葉でしか表現できないところに、第一章で指摘した日本文学研究の単一言語主義と同様の習性を見ることができる。この点について終章であらためて考えてみたい。

【註】

（1）長谷川啓「性愛の言説『ベッドタイムアイズ――山田詠美』」『ジェンダーで読む愛・性・家族』岩淵宏子、長谷川啓編、東京堂出版、二〇〇六年、六七頁

（2）清水良典『デビュー小説論――新時代を創った作家たち』講談社、二〇一六年、一四三頁

（3）浅田彰「解説」『ベッドタイムアイズ・指の戯れ・ジェシーの背骨』新潮社、一九九六年、三一七頁
（4）竹田青嗣「解説」『ベッドタイムアイズ』河出書房新社、二〇一三年、一四六頁
（5）リチャード・オカダ「主体をグローバルに位置づける――山田詠美を読む」『日米女性ジャーナル No. 21』大野雅子訳、一九九七年、九〇頁
（6）リービ英雄『日本語の勝利』講談社、一九九二年、二五頁
（7）有田和臣「山田詠美「ベッドタイムアイズ」〈肉体の言葉〉から〈思い出の言葉〉への探求路」『国文学解釈と鑑賞』七三・四、至文堂、二〇〇八年、一六〇頁
（8）太平洋戦争中のアメリカ黒人兵と日本の少年の出会いを政治的に描いた大江健三郎の『飼育』にも同様の場面がある。
（9）山田詠美（a）『ベッドタイムアイズ』河出書房新社、二〇一三年、一三頁
（10）同七～八頁。「操り人形」という言葉に山田双葉作の漫画『ミス・ドール Miss Doll』での設定がそのまま引き継がれている。
（11）「これから君の顔を思い出すたびにオレはマスターベイトするだろう」（山田（a）一六頁）という箇所や、捨て猫のエピソードを語る箇所（九九～一〇二頁）などを参照。
（12）山田詠美（b）『文藝　2005年秋季号　特集山田詠美』河出書房新社、二〇〇五年、一二〇頁
（13）英訳本ではキムがスプーンに対して発する「かわいいよ」（山田（a）五八頁）の部分で、すでに I love you が使われているが、この段階で love という言葉を当てることには上記の理由から問題があると思われる。

Yamada, A. (2006). *Bedtime Eyes.* (Gunji, Y & Jardine, M. Trans.). St. Martin's Press.

（14）生後一歳半のフロイトの孫Ernstは、母の不在時に寂しさをまぎらわすかのように、糸巻を投げたり引き寄せたりして遊んでいた。それを見たフロイトは、Ernstが糸巻を投げるときに発した「おー、おー」という声がfort（いない、いない）で、糸巻を引き寄せるときに発した「だー」がda（いた）であったのだと理解する。言葉を介した遊びを通してErnstは母の不在という苦痛な体験を克服することができたのだとフロイトは解釈した。またフロイトはこの遊びを「日ごろ抑圧されている母親に対する復讐衝動」と解釈した（猪股光夫「ポーのFort-Da」『慶應義塾大学日吉紀要　言語・文化・コミュニケーション』三八・三、慶應義塾大学日吉紀要刊行委員会、二〇〇七年、一三二頁）。キムの復讐衝動（山田（a）九〇頁）との関連に注目したい。

（15）斎藤環『生き延びるためのラカン』バジリコ株式会社、二〇〇六年、六四頁

（16）松田良一『山田詠美　愛の世界――マンガ・恋愛・吉本ばなな』東京書籍、一九九九年、一八五頁に引用されている。

（17）松本鶴雄「文芸時評12月　濃密感のある純愛小説」『図書新聞』第四七八号、一九八五年一二月二八日

（18）山田詠美『ソウル・ミュージック――ラバーズ・オンリー』角川書店、一九八七年、二一四頁

（19）大江健三郎「飼育」『大江健三郎小説1』新潮社、一九九六年、六一～九五頁

（20）松田前掲書一八五頁に引用されている（『週刊新潮』昭和六一年一月二三日号）

（21）村上龍（a）『アメリカン★ドリーム』講談社、一九八八年、二三一頁

（22）村上龍（b）『限りなく透明に近いブルー』講談社、二〇〇四年、六六頁

(23)『ベッドタイムアイズ』のキムがスプーンの「おもちゃ」になることを楽しんでいたことを想起されたい。
(24)山田双葉『ミス・ドール Miss DOLL』河出書房新社、一九八六年、六頁
(25)藤本由香里『私の居場所はどこにあるの?——少女マンガが映す心のかたち』学陽書房、一九九八年、一八頁
(26)山田詠美(c)「五粒の涙」『せつない話』光文社、一九九〇年、三三九頁
(27)ジェイムズ・ボールドウィン「もう一つの国」『世界文学全集45』野崎孝訳、集英社、一九七三年、五〇八頁
(28)実生活の影響もあるだろう。
(29)実在する比較的安価な男性化粧品で、甘く濃厚な香りがする。
(30)Yamada, A.(2006). *Bedtime Eyes.*(Gunji, Y. & Jardine, M. Trans.). St. Martin's Press.

終章
娘たちのまなざしの先へ

第一章で水村美苗の『私小説 from left to right』、第二章で石内都の写真横須賀シリーズ、第三章で山田詠美の『ベッドタイムアイズ』を分析し、母娘関係を鍵概念として三者が三様に越境を果たすことで語りの言葉を獲得する様を考察した。すべてのテクストは時代の証言者であり、時代の要請によって編みだされたものである。テクストを歴史のなかに位置づけて読むということは、書き手と読み手がともに歴史のなかに生きており、時代の制度の内側に存在していることを意識して読むということである。したがって読み手がテクストの限界を指摘することは必ずしも批評としては妥当とは限らない。なぜならテクストは時代によって異なる読みのモードを召喚するからだ。そこで試されているのは読み手であり、テクストに何を読みとるかという読み手の力量が問われているのである。

これまで本書で見てきたテクストに頻出するのは、屈辱、劣等感、恥などの極めて感情的な語であった。それぞれのテクストが何に屈辱を感じ、誰に対して劣等感を抱き、どのように恥を雪いだか（あるいは雪がれなかったか）を各章で検証してきた。そこで浮かび上がってきたのは、近代的心性として日本人にもたらされた人種的劣等感が太平洋戦争を引き起こす要因の一つとなったことと、最終的に日本がアメリカに敗北したという事実の重大さである。アメリカとの戦争を体験した母世代と、直接体験してはいないものの戦争の影を感じて育った娘たちが、対戦国アメリカにどのようなまなざしを向けたか、母と娘の視線が交差する結節点でどのような火花が散らされたか、その軋轢はいかに解消されたのか――このような点を水村、石内、山田のテクストから考察した。

二〇一九年春に日本は令和という新時代を迎えた。昭和の終わりに作出され、平成という時代を用意した、これらのテクストが提起した問題を今あらためて考え直すことは極めて有意義だと思われる。だが考察に際して注視すべきは一九四五年の敗戦時ではなく、そこから遡って、国としてアメリカとの出逢いを果たした幕末から明治初頭の時期である。本書の基となった私の博士論文を提出した二〇一八年は、明治維新から一五〇年目の節目の年だった。近代のひずみは近代の初めに戻らなければ解消できない。平成の世ははたして平らかに成ったか、それとも平成／平静を装って終わったのか。新時代を迎えるにあたって考えるべき課題は多い。終章では本書で取りあげたテクストが提示する問題を基に、日本が今後アメリカとの関係で取るべき方向を問うてみたい。

なぜ白人になりたいのか

美苗とキムの核には〈白人のアメリカ〉に対する強い関心がある。美苗は白人からみっともない模倣者扱いされることに耐えられず、キムも同様に「みっともなし」である自分を強く意識している。そこから美苗とキムが人種という人為的なカテゴリーを前世代から吸収して内面化し、白人に対しての同一化希求もしくは強い対抗心を抱いていることが看取できる。加藤典洋は「経済成長、物質文明以外に「神」をもたない現代日本をとらえている強迫観念が、「近代」化ではなく、「西洋」化であること」を指摘し、「「西洋」幻想の究極にあるのは、実をいえば、白人になりたいという、どのようにしても成就されない日本人の永遠のゴールともいうべきものである」[1]と論じている。では日本人はなぜそれほどまでに「白人になりたい」のか。

いうまでもなく、白人は近代の覇者であり、権力に裏打ちされた白人の価値観が標準となって世界を覆っている。そもそも明治政府の「西洋模倣の核心」には、日本が欧米列強から押しつけられた不平等条約の撤廃を目指す政府の涙ぐましい努力があった[2]。また第二次世界大戦敗戦後、「アウトサイダー国家」である日本が世界の主要国として受け入れてもらうために、以前にも増して「西洋から認められたいという欲求」を強くもち、西洋のようになるべく努力を重ねつづけていることが論じられている[3]。野蛮な劣等国の地位から一刻も早く脱し、西洋諸国と対等に扱われることが近代以来日本の国家的使命だったわけだが、敗戦後もあい変わらず西洋からの認証を授かるために出口の見えない努力をしつづけるというのは、畢竟同じ枠組みのなかで同じことを繰り返しているだけではないか。堂々巡りから脱するために、今こそ別の参照軸が必要とされているのではないか。

人種の問題が厄介なのは、そこに感情が深く関与するためである。水村、石内、山田のテクストに「恥」「屈辱」という語が頻出したことを想起されたい。ここで参照したいのは、太平洋戦争の重要な契機となったアメリカの「排日移民法」（一九二四年七月一日施行）である。この法律は正確には「一九二四年移民法」（Immigration Act of 1924）と呼ばれ、日本人移民を特定して排除するものではなかった。しかし一九二四年七月一日付の朝日新聞はこの日を「国辱の日」[4]とする記事を掲載し、当時の知識人の代表である徳富蘇峰は「移民問題は単に日米の問題ではなく、米国対有色人種の問題である」（蓑原二八五頁）と強く批判、また新渡戸稲造も「青天の霹靂、肺腑をえぐる激痛」（二八七頁）との心境を語り、この法令が日本人のプライドを著しく傷つけ、結果的に日本の東南アジア・中国大陸進出を正当化する一因ともなった（二八六頁）。蓑原俊洋は「近代日本の多くの親米派知識人がその信念の基礎を全面的にアメリカの理想主義への共感に置いていたからこそ、彼らの失望はとりわけ大きかった」と述べ、「期待が裏切られたときにその反動でアメリカへの嫌悪が表出し、日米関係を蝕んでいったのである」（二九六頁）と論じている。感情の問題、それは「ポスト真実」の時代を生きる現代の我々が直面する問題でもある。

蓑原は、日本人が他のアジア地域出身者には奢ったまなざしを向けながらも、白人からの人種差別に過敏である理由として、日本が「非白色人種」でありながら唯一大国として台頭したことを挙げ、「日本の国力が増大すればするほど、平等に扱われたいという気持ちは強まっていき、差別的な待遇に極度の拒絶感を示すようになった」（六頁）と結論づけている。これは〈白人のアメリカ〉に対しては憧れを抱きながらも、白人以外のアメリカおよび有色人種には差別意識を露呈する美苗やキムの屈折した心理をよく説明する論といえよう。また奴隷として苦渋の体験を強いられた黒人や、アメリカ人でありながら太平洋戦争中に政府から不当な扱いを受けた日系アメリカ人には、差別行為に怒りで対抗する大義があるが、戦争の一方の張本人であり「卑劣な」先制攻撃を仕掛けた日本人には、そのような大義がない。そのため日本人は怒りの矛先を向ける明確な対象を得られず、卑屈にならざるを得ないのである。

しかしこのような日本人の精神構造は、日本の側からのアメリカへの一方的なラブコールがすげなく拒否されたことに逆上し作りあげられた、という解釈も妥当とはいえないだろう。というのも、一九二四年移民法はアメリカが抱く人種差別観が反映されたものでもあるからだ。太平洋戦争には、有色人種は白人に勝ってはならないという近代以来の白人の強迫観念が引き起こした惨事という側面もあるのだ。

展望

今後日本はアメリカに対してどのような接し方をすればいいのだろうか。ここでは二つの提案をしてみたい。第一に『ベッドタイムアイズ』におけるスプーンの発言を鍵として考えてみたい。スプーンはキムの浮気相手を疑うときに白人と黒人を想定することしかできなかった。このことはスプーンの心のうちに白人対黒人という二項対立的な人種観が根強く埋め込まれていることを示唆している。ということは、白人でも黒人でもない日本人のキムは、黒人女《シスター》を真似ることによって対立項の一つに参入するのではなく、むしろ日本人のままでいることで、優劣をともなう二項対立を突き崩す可能性があるのではないか。[5] そのことによって、二人がまったく新しい関係を結ぶことができるのではないだろうか。

二つ目に考えられることとして、加藤典洋が提唱する〈敗者の抵抗〉[6]という概念を参照したい。加藤は日本研究者のマイケル・エメリックとの対談で、〈敗者の抵抗〉という生き方について語っている。日本人は意見を求められる場面で曖昧にただニヤニヤと笑ってすませることが多いが、そのことを卑屈と捉えるのではなく、「自分の足場がきっちりしていないということを自覚しているということの表現」（加藤・マイケル 一八一頁）と捉え、覇者に対する「抵抗ならざる抵抗」（一七九頁）の手段にしようではないかと加藤は提案するのである。ただしこの位相を導入して水村が問題視する日本人の「否認」や「選択された無知」までもが「抵抗ならざる抵抗」の一形態だとして免罪することはできない。というのも「否認」や「選択された無知」は敗者であること自体を否認するものだからである。加藤は「抵抗ならざる抵抗」の絶対条件として「負ける者は負けることをできる限り大きく深く受けとめることが大事」（一八二頁）であると結んでいる。日本は今こそ敗者であることをしっかりと認め、自覚することを回避してはならない。[7]

そのうえで敗者が敗者のまま誇りをもって生きる道を考えることは、これからの日本が国際社会に提示できる極めて有用なアプローチだと思われる。世界には加藤が指摘するように勝者よりも敗者の方が圧倒的に多く存在する。[8] 敗者が敗者であることを謙虚に認め、敗者として誇りをもって国際社会に参入すれば、いずれは敗者・勝者という二元論的枠組そのものを無効化することができるのではないか。そのときにはもちろん敗者・勝者という言葉自体が意味をもたなくなるだろう。本書に即していえば、石内都のアプローチが〈敗者の抵抗〉として有効なのではないか。水村美苗は『私小説』で問題を告発し、山田詠美は『ベッドタイムアイズ』で抵抗の一つの形を提示した。しかし水村は問題の所在を明らかにしたものの、具体的な解決案を提示するには及ばす、山田は既存の枠組みを逆転しただけで、優劣をともなう二項対立が温存されることとなった。これに対して石内は、個的な問題を徹底的に追求することで問題を相対化し、自らを救うことによって普遍的な共感を呼び込むことに成功している。現在まで続く石内の「ひろしま」シリーズを例にとれば、原爆投下による広島の惨状を「ヒロシマ」として世に告発することは、その衝撃の強さから忌避と反感を招きかねないが、芸術として「ひろしま」の美を前面に出して発信するアプローチをとることで、人々の関心を呼び、世界的な共感を招くことが実証されている。個的な事柄が普遍性を呼び込む石内の手法を他の分野でいかにして実践するか。今後の日本社会の課題として考えていきたい。

【註】

（1）加藤典洋『アメリカの影』河出書房新社、一九八五年、三〇一頁

（2）ジョルダン・サンド『帝国日本の生活空間』天内大樹訳、岩波書店、二〇一五年、二九頁

（3）橋本明子『日本の長い戦後　敗戦の記憶・トラウマはどう語り継がれているか』山岡由美訳、みすず書房、二〇一七年、一八六頁

（4）蓑原俊洋『アメリカの排日運動と日米関係――「排日移民法」はなぜ成立したか』朝日新聞出版、二〇一六年、二六七頁

（5）吉田美津はアメリカにおけるアジア地域からの移民が二項対立的な「人種」編成の矛盾を露呈する可能性を論じている。吉田美津『「場所」のアジア系アメリカ文学――太平洋を往還する想像力』晃洋書房、二〇一七年、五頁および五三頁

（6）加藤典洋、マイケル・エメリック「対談〝敗者の想像力〟が未来を拓く」『すばる』一二月号、集英社、二〇一七年、一七八～一八九頁

（7）敗者と被害者を混同してはならない。太平洋戦争において日本は加害者・被害者の両方の立場を有しているが、敗者であることには変わりない。

（8）水村の章で論じた英語母語話者と英語学習者の比率とも通底する。

あとがき——今浦島のまなざし

本書では〈アメリカなるもの〉への応答のしかたを、水村美苗、石内都、山田詠美の作品に描かれたアメリカに向けた〈まなざし〉から探ってみた。ここからは、あとがきとして、私自身がまなざしを向けた日米社会について書いてみたい。一九八九（平成元）年、四年間勤めた正社員の仕事を辞めてアメリカの大学に一年間留学し、英語と中国語を学んだ。いったん帰国した後、一九九一年にアメリカ人と結婚してふたたび渡米。二〇一〇年にその相手と離婚して私は日本に帰国した。久しぶりに戻った私の目に映った日本社会は渡米時から一変していた。さまざまな面で世界の潮流から取り残されているのに、人々がさして危機感を抱いていないことにも驚いた。何十年も先行する社会から時代を逆戻りしたような失望感に苛まされ、ふと浦島太郎のことが頭に浮かんだ。

浦島太郎は亀を助けたお礼に竜宮城に招かれ夢のような日々をおくったが、故郷に戻ることを希望したときに持たされた玉手箱を開けたせいで（そりゃ、開けるでしょう）白髪の老人に変えられてしまった。浦島は「罰」を受けた気持ちだっただろう。もはや知る人もなく寄る辺もなく、帰郷後の浦島はさぞかし苦しかったに違いない。

日本社会は外から戻って来た人に冷たい。帰国直後でどこにも所属する場がないのに、どこかに所属していなければ助けを求めることもままならない。そもそも誰に相談すれば良いかすらわからない。帰国後一一年が経過した今浦島の語りは耳あたりが良いものではないだろうが、本書の締めくくりとしてしばしお付き合い願いたい。

社会を映すおかしな日本語

メディアでおかしな日本語が跋扈していることに日々薄気味の悪さを感じている。「可視化」というわかりやすい言葉があるのに、なにゆえ「みえる化」などと言い換えるのだろう。読者・視聴者の知性をみくびっているのだろうか。「誰々に寄り添って」という表現も意味が空疎だ。ただひたすら寄り添われても、うっとうしいことこのうえない。寄り添っているうちに時が経過して、困りごとが消え去ることを期待しているのだろうか。

「○○すればいいのかなとは思います」。語尾を上げて相手の反応を確認しながら話す傾向はずいぶん前から指摘されていたが、どうやらこれはその進化形らしい。自分の意見を明確に表明することを極度に怖れ、相手の顔色をうかがう傾向が強くなった。日本の人は何をそんなに怖れているのだろう。どうしてそんなに自信がないのだろう。もっと歯切れ良くしゃべれないのかと不審に思っていたが、どうやらこれは自信の欠如というよりも、自分の発言に責任を取りたくない心理のあらわれではないかと気がついた。無意識のうちに責任回避の術を身につけているのは、かなり深刻な問題ではないか。

これと関連して、相手との距離の取り方に微妙な工夫が感じられるのが、最近の敬語の使い方である。「○○さんは××をやられている」。やられている?「していらっしゃる」「なさっている」はもはやほとんど使われない。敬意は表したいけれど、同時に親しみも表現したいということか。人との距離の取り方に苦心しているようだ。それにしても「やられている」というのは、あまり素敵な敬意の表し方ではない。

敬意表現でもう一つ気がついたのが、卑屈なまでにへりくだった謙譲語の使い方だ。発話前に瞬時に相手との立ち位置を決定しなければならない謙譲語が私は苦手だ。自然な敬意の発露としての尊敬語や丁寧語なら私も躊躇なく使うけれど、わざわざ自分を低く見せて相手を持ちあげる謙譲語の使い方には、相手への敬意よりも話者の保身が先行しているように思えてならない。

加えてずいぶん前から不思議に思っている言葉が「女性の社会進出」だ。社会とは進出しないと入れてもらえないところなのか。社会はあらゆる人が属する場所のはずだし、拡大していえば、現在の社会は過去の社会とも地続きなので、かつて生存していた人たちも社会の一員だと思うのだが。

他にもいろいろあるが、最後に「スピード感をもって対応する」を挙げておこう。迅速に対応すると言われた方が、誠実な感じがしないだろうか。さすがに手垢がついたと見えて、最近は「機動的に対応する」という言い方がされるようになってきた。

言語の自発的隷従

日本でもSNS等で人々が積極的に政治や社会問題に対する意見を表明するようになってきた。ますます盛んになってほしいが、気になるのはなにゆえ標語・用語や団体名の多くが和製英語なのかということだ。いったい誰に向かって発信しているのかが気になる。巷にあふれる和製英語、よくわからない曖昧な言葉を掲げる運動や団体に心から賛同できるだろうか。

そもそも意味を正しく理解していないのに日本語ではなく英語にする理由はなんだろう。日本語だと運動を起こしにくいのだろうか。英語だとカッコよく聞こえるのか。情に訴えることのみ優先して言葉で説明する労を怠ってきたことの帰結なのか。気鋭の活動家や評論家、作家やエッセイストが司会を務める人気のラジオ、ポッドキャスト、ユーチューブ等の配信番組は、そのほとんどが英語のナレーションではじまり、ああまたかとがっかりする。時事問題には敏感でも、こと英語となると思考停止に陥ってしまうのはなぜなのだろう。

「インクルーシブでダイバーシティを尊重する社会にしよう」などと（英語を差し引いても）平気で言えてしまう人は、自分が強い立場にいることを自覚していない。どうぞどうぞ、異形のあなたでも私たちの仲間に入れてあげますよ、と言われているような気がしてならない。

そもそも英語がカッコいい言語として日本語話者の脳内に浸透する遙か以前、不動の地位を保っていたのは、中国由来の言語（漢語）ではなかったか。書記言語をもたなかった「日本語」の世界に知性きらめく支配階級の言葉として導入され、公的な地位をほしいままにしていた漢語・漢文。それが近代以降英語に取って代わられただけの話しではないか。だとしたら「日本」はもともとなんとなくわかったつもりの外来概念で成り立ってきた社会なのかもしれない。そもそも日本は中国とアメリカというマッチョな国に翻弄されつづけた「女の領域」なのだから、そのことをしっかり自覚した方が良い。いや待てよ、力をもつ人はそのことをわかっているからこそ、国内では空々しくもマッチョな権力を振りかざしているのかもしれない。海外では誇示できる力がないものだから。

ジェンダーの問題というと、女性差別とか性別役割分担とか選択的夫婦別姓とか、女性にかかわる問題だと思われがちだけれど、実際はそれにとどまらない。ジェンダーが提起する問題は単体で社会に存在しているわけではないのだ。ジェンダーと他の要素が複雑に絡み合っているのでそもそも問題と認識されないことも多いし、そのために解決をいっそう難しくしている。たとえばジェンダーと人種の組み合わせ。これは子どもの頃から私の一番の関心事。父の転勤でブラジルに住んでいた一〇歳の頃から、人種差別の問題は私の中心にありつづけている。ジェンダーと階級、ジェンダーと言語等々、ジェンダーが関与する問題の核心にあるのは、力をもつ人たちがそれ以外の人たちを「女」（という言葉を使うのは不本意だが）とみなし、一段低い「女の領域」に囲い込もうとする構造だ。生物学的な性別は男性であっても、ジェンダー的に女とみなされる人の方が、世界には圧倒的に多いのだ。

メキシコ生まれでアメリカの市民権を取得した元夫は、選挙で棄権したことが一度もなかった。結婚後一時的に日本に住んでいた期間も、在外投票システムを使って選挙権を行使していた。苦労して手に入れたアメリカの市民権、そのもっとも基本的な権利であるところの選挙権をむやみに放棄することなど考えられない、と。

翻って日本。社会を覆うあきれるほどの「のほほん感」は、もしかしたら日本人の最大の資質なのかもしれない。有事にも通常と変わらない生活を営むには、計り知れない高次の精神性と悟りの境地に至ることを必要とするからだ。というのは半ば冗談だが、日本で投票率が下がりつづけている要因の一つに、もしかしたら戦後の教育が関与しているのかもしれない。戦後日本の社会システムの基盤をつくり、うまい具合に日本人を骨抜きにしたアメリカの、それははなはだ迷惑な贈り物（玉手箱？）だったのかも知れない。

アメリカの大学教育

高校卒業後すでに就きたい職業があったので、親は四年制大学への進学を勧めたにもかかわらず短大を卒業した私だったが、復学が簡単でしかも奨励されているアメリカで生活するようになって、四年制大学に通い直してみたくなった。年齢に関係なく大学で学ぶことができる恵まれた国にいるのに、ここで挑戦しなかったらきっと後悔する。合格通知が届いたときには、嬉しくて文字通り飛び上がった。

私が学んだカリフォルニア大学バークレー校は、学生運動がさかんで、活気に満ち、学生の自主性が尊重されている。努力が前提となっているのでそれを隠す必要がなく、真摯に研究に取り組む人々が世界中から集まる拠点である。私をこの世に生みだしてくれたのは尊敬する私の母だが、バークレーは私が自ら選んで生まれ直した私の母校だ。ここでの経験は短い文章には書ききれないが、一つ挙げるとすれば、文字通り私の人生を変えた女性研究者のスーパースターたちとの出会いだ。私が教えを受けた日本出身の教授たち及び大学院生教員（Graduate Student Instructors）たちは、なんと全員女性だった！

感動した出来事を紹介しよう。学部を卒業後、その頃には離婚の文字がちらついていたので手っ取り早く手に職をつけるため、私はバークレーではなく別の大学院の修士課程に進学したのだが、母校の指導教授が週に一回、彼の担当する院生ゼミに出席するよう特別に取りはからってくれた。そのゼミで教授と大学院生がファーストネームで呼びあっていたことに私は心底驚いた（大学によっては学部の頃からファーストネームで呼び合うところもある）。学部生の頃にはそんなことは考えられなかったので、院生になった途端に教授をファーストネームで呼ぶのには戸惑いを覚えたが、大学院生を対等の研究者として尊重する母校の教授たちの姿勢に心から感銘を受けた。

もちろんアメリカの大学に問題がないとはいわないが、問題が起きたときにすぐに相談できるシステムが構築されている。これはアメリカ社会全体にいえることだが、問題に対して声をあげることに人々が躊躇しないので、問題の所在が可視化される。したがって問題の存在自体がうやむやにされることはまずない。問題が多発しているように見えるのは、問題が問題として認識されていることの証なのだ。

日本に帰国後、私がHonors Thesis（卒業論文）に書いた明治時代の女性作家の作品についてある研究者と話をする機会があった。その人は私の論をまったく価値がないと延々と面罵した。この論文を書いたおかげで私は卒業時に大学からHighest Honorsを授与されたと思っているし、四〇歳を超えてから大学に転入した私が、アメリカでそこまで評価してもらえたことがとても嬉しかった。指導してくださった母校の教授たちに心から感謝している。

このことにはじつは既視感がある。ブラジルから帰国した後、私はクラスで目立つことをおそれ、中学高校と一部の授業を除いてアメリカのアクセントで英語を話すことを控えていた。苦労して身につけた技能を隠さざるを得ないことは、社会にとって大きな損失だと思う。

思うに、日本人は誇りに思うことをもっと率直に表明しあった方が良い。自分が努力して達成したことに誇りをもつことは、単なる自慢や自己満足ではない。学びの成果を生かせず、人に叩かれるのを気にしてむしろそれを隠すことを選ばざるを得ないのは、そこに至るまであなたを支えてくれ、学ぶことを可能にする環境を用意してくれた人たちに対して失礼である、ということに私自身も気がついた。アメリカやブラジルでは、社会で周縁化された人々が、家族や周囲の協力を得ながら何かを成し遂げたとき、関わった全員が誇らしく語る場面を数多く目にしてきた。自分を卑下せず、誇りに思うことをだれもが自由に話せて、それを可能にしてくれたさまざまな恩恵に感謝できる成員が作るのが、豊かで幸せな社会だ。

権力者が訳知り顔で弱い立場にある人を黙らせようとするとき、断固としてそれに抗え。私の発言はあなたの許可を必要としない。「あなたの悲鳴は耳障りです。もっと静かに訴えた方が効果的ですよ」という助言をした識者がいたが、それは勇気を振り絞ってあげた声を押しつぶそうとする行為にほかならない。生きるか死ぬかの瀬戸際に、お行儀の良い悲鳴なんてあげられますか。私に「レジリエンス（復元力）」を押しつけるな。私の脆さを無視するな。母校が授けてくれた声の数々に、私は日々救われている。

なにかを学ぶということはそのたび新しい自分が作られるということだ。年齢に関係なく誰もが簡単に大学に入り学び直せる環境をこれからの日本は作っていってほしい。さらに重要なことは、学び直した後にそれをいかす環境があること。それがなければ「リカレント教育」（これまた英語）に意義はない。

さて、浦島伝説には故郷に戻った後の浦島がどのように生きたのかという記述がないものもある。浦島が希望して戻った故郷は、時間が経過していてもはや誰も知った人がいなかった。浦島は竜宮城で得た知見を故郷で生かせず、失意の余生を送ったのだろうか。私は、そうは思わない。浦島は竜宮城での体験を大いに語り、人々は浦島の話を面白く聞き、語り継いだのだ。だからこそ、浦島太郎の伝説は私たちの知るところとなったのではないか。

本書は二〇一八年に城西国際大学に提出した博士論文がもとになっている。出版助成として竹村和子フェミニズム基金から助成を受けました。第三章は、竹村氏のご著書『愛について――アイデンティティと欲望の政治学』からインスピレーションを得たことをご本人に報告したかったです。この助成金のおかげで本書を上梓することが叶いました。心より御礼を申し上げます。

そして、博士論文を出版するよう勧めてくださった河野貴代美氏に格段の御礼を申し上げます。気さくにお声をかけてくださり、いくつもの翻訳プロジェクトにお誘いくださることに心から感謝いたします。

博士後期課程の三年半にわたりご指導いただいた小林富久子先生、修士課程でご指導いただいた北田幸恵先生、論文審査で貴重なご助言をくださった岩淵宏子先生に厚く御礼を申し上げます。また修士課程・博士課程を通じてご指導いただいた芳賀浩一先生には、学位取得後も励ましとご助言をいただいたことに感謝の意を表します。

在学中から現在に至るまで幾度も論文執筆の機会を与えてくださる長谷川啓先生と矢澤美佐紀先生には、格別の御礼を申し上げます。本書を出版することができたのは、お二人のお力添えのおかげです。ありがとうございます。

加えて、学術論文の書き方を一から教えてくださった米国オーロネ・カレッジ（Ohlone College）のProfessor Shirin Maskatia に深謝の意を表します。さらに、Honors Thesis をご指導いただいたカリフォルニア大学バークレー校（University of California at Berkeley）の恩師 Professor Yoko Hasegawa と Professor Daniel O'Neill 両先生には、言葉に尽くせないほど感謝しています。同じくカリフォルニア大学バークレー校の John R. Wallace 先生は、緊張でがちがちだった転入直後の私に大学院進学を強く勧めてくださいました。おかげで今の私があります。心より御礼を申し上げます。

はじめての単著出版ということで、小鳥遊書房の林田こずえ様にはたいへんお世話になりました。ありがとうございます。

最後に、子どもの頃から笑いにあふれ、明るくてのびのびとした環境で私の冒険を可能にしてくれた家族、そしてこれまで支えてくださったすべての方々に心から感謝いたします。この本は、言葉がまったく通じないブラジルの小学校で、私以外に唯一の東洋人だった妹・多鶴子（一九六六〜二〇二〇年）に捧げます。

参考・引用文献

日本語文献

青柳悦子「複数性と文学――移植型〈境界児〉リービ英雄と水村美苗にみる文学の渇望」『言語文化論集』五六、二〇〇一年、一～二九頁
赤坂憲雄『異人論序説』砂子屋書房、一九八五年
――『境界の発生』砂子屋書房、一九八九年
赤坂真理『愛と暴力の戦後とその後』講談社、二〇一四年
――『東京プリズン』河出書房新社、二〇一二年
浅井正行、浅井直子『アメリカで生きた女性たち――戦後国際結婚した日本人女性のオーラルヒストリー』風間書房、二〇一六年
浅田彰「解説」『ベッドタイムアイズ・指の戯れ・ジェシーの背骨』新潮社、一九九六年
有田和臣「山田詠美「ベッドタイムアイズ」〈肉体の言葉〉から〈思い出の言葉〉への探求路」『国文学　解釈と鑑賞』七三・四、至文堂、二〇〇八年、一六〇～一六五頁
有吉佐和子『非色』角川書店、一九九五年

アンダーソン、ベネディクト『増補　想像の共同体――ナショナリズムの起源と流行』白石さや、白石隆訳、ＮＴＴ出版、一九九七年（Anderson, B.（1991）. *Imagined Communities: Reflections on the Origin and Spread of Nationalism*（2nd ed.）. Verso.）
イ、ヨンスク『「国語」という思想』岩波書店、一九九六年
「ＥＭクラブ」『横須賀市ホームページ』https://www.city.yokosuka.kanagawa.jp/2120/oldays/em.html
飯田祐子『彼女たちの文学――語りにくさと読まれること』名古屋大学出版会、二〇一六年
家田荘子『イエローキャブ――「成田を飛び立った女たち」』恒友出版、一九九一年
石内都「石内都インタヴュー１、２」『日本美術オーラル・ヒストリー・アーカイヴ』二〇一〇年一二月二〇日、二〇一一年一月一三日 http://www.oralarthistory.org/archives/ishiuchi_miyako/interview_01.php http://www.oralarthistory.org/archives/ishiuchi_miyako/interview_02.php
――（ｂ）『石内都展　ひろしま／ヨコスカ』目黒区美術館、二〇〇八年
――『Endless Night 2001――連夜の街』ワイズ出版、二〇〇一年
――（ａ）『女・写真家として』編集グループＳＵＲＥ、二〇一四年
――（ｃ）『CLUB & COURTS YOKOSUKA YOKOHAMA』蒼穹舎、二〇〇七年
――『sa・bo・ten』平凡社、二〇一三年
――（ｆ）『写真関係』筑摩書房、二〇一六年
――「スライドレクチャー「石内都・自作を語る」」『美術家たちの証言――東京国立近代美術館ニュース『現

代の眼』選集』東京国立近代美術館編、美術出版社、二〇一二年、二六九〜二七四頁
――『絶唱、横須賀ストーリー』写真通信社、一九七九年
――『tokyo bay blues 1982-1984』蒼穹社、二〇一〇年
――「21世紀の「仕事!」論。」『ほぼ日刊イトイ新聞』二〇一五年八月一一日 https://www.1101.com/21c_working/miyako_ishiuchi/index.html
――『From ひろしま』求龍堂、二〇一四年
――『マザーズ 2000-2005　未来の刻印』淡交社、二〇〇五年
――（d）『モノクローム』筑摩書房、一九九三年
――（e）『YOKOSUKA AGAIN 1980-1990』蒼穹舎、一九九八年
石内都、上野千鶴子「対談　石内都×上野千鶴子　「ふたりの女の物語　都とちひろ」」ウィメンズアクションネットワーク（WAN）、二〇二〇年四月一九日 https://wan.or.jp/article/show/8892
石内都、青来有一「対談　遺された「物語」から現在《いま》へ」『すばる』八月号、集英社、二〇一五年、一八〇〜一九三頁
石内都、原田マハ「フリーダ・カーロとの対話 in メキシコ」『芸術新潮』一〇月号、新潮社、二〇一四年、一五六〜一七〇頁
石内都、正木基「石内都連続インタビュー（1）初期作品をめぐって〜「写真効果」展から「From YOKOSUKA」展へ」『石内都展　ひろしま／ヨコスカ』目黒区美術館、二〇〇八年、二二四〜二三六頁

石内都、若松英輔「声なき声に寄り添って」『I-House Quarterly No.8 Winter 2016』国際文化会館、二〇一六年
石川好『ガーデン・ボーイ　ストロベリー・ロードPART3』文藝春秋、一九九四年
――『ストロベリー・ボーイ　ストロベリー・ロードPART2』文藝春秋、一九九〇年
――『ストロベリー・ロード（上・下）』早川書房、一九八八年
磯田光一「鹿鳴館の系譜――近代日本文芸史誌」『磯田光一著作集5』小沢書店、一九九一年
猪股光夫「ポーのFort-Da」『慶應義塾大学日吉紀要　言語・文化・コミュニケーション』三八・三、慶應義塾大学日吉紀要刊行委員会、二〇〇七年、一三一～一五五頁
今村昌平監督『豚と軍艦』日活、一九六〇年
伊豫谷登士翁編『移動から場所を問う――現代移民研究の課題』有信堂高文社、二〇〇七年
岩城けい『さようなら、オレンジ』筑摩書房、二〇一三年
――『Masato』集英社、二〇一五年
江藤淳『アメリカと私』講談社、二〇〇七年
――『成熟と喪失――〝母〟の崩壊』河出書房新社、一九八八年
大江健三郎「飼育」『大江健三郎小説1』新潮社、一九九六年
オオツカ、ジュリー『屋根裏の仏さま』岩本正恵、小竹由美子訳、新潮社、二〇一六年（Otsuka, J.（2011）. *The Buddha in the Attic*. Knopf.）
大庭みな子『浦島草』講談社、二〇〇〇年

――『大庭みな子全集　第7巻』日本経済新聞出版社、二〇〇九年
オカダ、リチャード「主体をグローバルに位置づける――山田詠美を読む」『日米女性ジャーナル No. 21』大野雅子訳、一九九七年（Okada, R.（1995）. Positioning Subjects Globally: A Reading of Yamada Eimi. *US-Japan Women's Journal.* Josai International Center for the Promotion of Art and Science, 111-126.）
郭南燕編『バイリンガルな日本語文学――多言語多文化のあいだ』三元社、二〇一三年
梯久美子『声を届ける――10人の表現者』求龍堂、二〇一三年
笠原美智子「石内都：未来の刻印」『マザーズ 2000-2005　未来の刻印』淡交社、二〇〇五年、九〇～一〇二頁
片岡美有季「「試み《メイクラブ》」のその先に――山田詠美「ベッドタイムアイズ」論」『立教大学日本文学104号』立教大学日本文学会、二〇一〇年、一四八～一六四頁
加藤周一『日本文化における時間と空間』岩波書店、二〇〇七年
加藤典洋『アメリカの影』河出書房新社、一九八五年
――『9条の戦後史』筑摩書房、二〇二一年
――『戦後入門』筑摩書房、二〇一五年
――『敗者の想像力』集英社、二〇一七年
加藤典洋、マイケル・エメリック「対談〝敗者の想像力〟が未来を拓く」『すばる』一二月号、集英社、二〇一七年、一七八～一八九頁
川本三郎「別荘という夢の場所――水村美苗『本格小説』」『言葉のなかに風景が立ち上がる』新潮社、二〇〇六年、

八一～八九頁
カーペンター、ジュリエット・W「文学翻訳にまつわる難問」二〇一五年五月一三日、国際文化会館、講演
北田幸恵『書く女たち――江戸から明治のメディア・文学・ジェンダーを読む』學藝書林、二〇〇七年
北村文『日本女性はどこにいるのか――イメージとアイデンティティの政治』勁草書房、二〇〇九年
熊倉千之『漱石のたくらみ――秘められた『明暗』の謎をとく』筑摩書房、二〇〇六年
――『日本人の表現力と個性――新しい「私」の発見』中央公論社、一九九〇年
河野至恩「「日本語を選び取る」ことの可能性――複言語主義から読む水村美苗「私小説 from left to right」」『日本近代文学　第102集』二〇二〇年、七一～八六頁
小島信夫「抱擁家族」『昭和文学全集第21巻』小学館、一九八七年
米谷ふみ子「過越しの祭」『女性作家シリーズ23　現代秀作集』角川書店、一九九九年
――『風転草《タンブルウィード》』新潮社、一九八六年
――『なんや、これ？――アメリカと日本』岩波書店、二〇〇一年
小森陽一『〈ゆらぎ〉の日本文学』日本放送出版協会、一九九八年
――『ポストコロニアル』岩波書店、二〇〇一年
ゴトー、ヒロミ『コーラス・オブ・マッシュルーム』増谷松樹訳、彩流社、二〇一五年（Goto, H.（1994）. *Chorus of Mushrooms*. NeWest Press.）
斎藤環『生き延びるためのラカン』バジリコ株式会社、二〇〇六年

斎藤環編著『母と娘はなぜこじれるのか』NHK出版、二〇一四年
サイード、エドワード・W『オリエンタリズム　上・下』板垣雄三、杉田英明監修、今沢紀子訳、平凡社、一九九三年（Said, E.（1978）. *Orientalism*. Pantheon.）
――『文化と帝国主義　1・2』大橋洋一訳、みすず書房、一九九八〜二〇〇一年（Said, E.（1993）. *Culture and Imperialism*. Knopf.）
酒井直樹『死産される日本語・日本人――「日本」の歴史 - 地政的配置』講談社、二〇一五年
酒井直樹他編『ナショナリティの脱構築』柏書房、一九九六年
杉野希妃、石内都「杉野希妃×石内都」『SWITCHインタビュー達人達《たち》』NHK教育テレビジョン、二〇一七年六月一七日放送
サンド、ジョルダン『帝国日本の生活空間』天内大樹訳、岩波書店、二〇一五年（原書無しの訳本）
清水穣「石内都、instrumental」『sa・bo・ten』平凡社、二〇一三年
清水良典『デビュー小説論――新時代を創った作家たち』講談社、二〇一六年
「JERAパワー横須賀合同会社」http://jera-yokosuka.co.jp/
鈴木登美『語られた自己』大内和子、雲和子訳、岩波書店、二〇〇〇年
ソンタグ、スーザン『サラエボで、ゴドーを待ちながら　エッセイ集2／写真・演劇・文学』富山太佳夫訳、みすず書房、二〇一二年（Sontag, S.（2002）. *Where the Stress Falls*. Jonathan Cape.）
高木徹「水村美苗『私小説 from left to right』を読む」『CUWC gazette』九、一九九八年、一一一〜一二〇頁

高田里恵子『グロテスクな教養』筑摩書房、二〇〇五年
――『女子・結婚・男選び――あるいは〝選ばれ男子〟』筑摩書房、二〇一二年
竹田青嗣「解説」『ベッドタイムアイズ』河出書房新社、二〇一〇年
竹村和子『愛について――アイデンティティと欲望の政治学』岩波書店、二〇〇二年
但馬みほ「加藤典洋「敗者の想像力」の可能性を考える」新・フェミニズム批評の会例会発表、二〇二一年五月八日、オンライン開催
――（2017）. Tierney, R. & Olyer, E.（eds.）.「視覚からの逃避と視覚への逃避――水村美苗『私小説 from left to right』における美苗の主体性構築」*The Senses and Sensory Experience in Japanese Literature and Culture*. The Association for Japanese Literary Studies, 82-91.
――「日本のなかのアメリカ・アメリカのなかの日本――写真家「石内都」を生んだ基地の街――横須賀・YOKOSUKA」比較女性文化研究会第三回発表、二〇一七年三月二四日、城西国際大学紀尾井町キャンパス
――（2015）.「水村美苗『私小説 from left to right』考――〈私小説〉による人種観への異議申し立て」*E-journal of the Josai Institute for Central European Studies*. https://www.josai.ac.jp/jices/common/pdf/6.pdf
――「山田詠美」『新編　日本女性文学全集12』岩淵宏子、長谷川啓監修、矢澤美佐紀編、六花出版、二〇二〇年、四四〇～四四六頁
谷譲次『めりけんじゃっぷ商売往来』社会思想社、一九七五年
多和田葉子『アメリカ――非道の大陸』青土社、二〇〇六年

――『エクソフォニー――母語の外へ出る旅』岩波書店、二〇〇三年
――『カタコトのうわごと』青土社、一九九九年
多和田葉子、川上未映子「母語の内へ、外へ――表現としての言葉の可能性」『I-House Quarterly No.9 Spring 2016』国際文化会館、二〇一六年、四～九頁
「第十七回野間文芸新人賞発表」『群像』一月号、講談社、一九九六年、四六四～四六六頁
崔実『ジニのパズル』講談社、二〇一六年
辻邦生、水村美苗『手紙、栞を添えて』朝日新聞社、一九九八年
土屋誠一「「横須賀」、「私」、「女」、そして「石内都」――石内都論」『石内都展　ひろしま／ヨコスカ』目黒区美術館、二〇〇八年、六～一六頁
デュボイス、W・E・B『黒人のたましい』木島始、鮫島重俊、黄寅秀訳、岩波書店、一九九二年（DuBois, W.E.B. (1903). *The Souls of Black Folk.*）
東松照明『太陽の鉛筆1・2』赤々舎、二〇一五年
――『日本の写真家30　東松照明』岩波書店、一九九九年
トリン、T・ミンハ『女性・ネイティヴ・他者――ポストコロニアリズムとフェミニズム』竹村和子訳、岩波書店、二〇一一年（Trinh, T. M. (1989). *Woman, Native, Other: Writing Postcoloniality and Feminism.* Indiana University Press.）
――『月が赤く満ちる時――ジェンダー・表象・文化の政治学』小林富久子訳、みすず書房、一九九六年（Trinh,

T. M. (1991). *When the Moon Waxes Red. Representation, Gender, and Cultural Politics*. Routledge.)

――『ここのなかの何処かへ――移住・難民・境界的出来事』小林富久子訳、平凡社、二〇一四年（Trinh, T. M. (2011). *Elsewhere, within Here. Immigration, Refugeeism and the Boundary Event*. Routledge.)

土門拳『鬼の眼――土門拳の仕事』光村推古書院、二〇一六年

中村桃子『翻訳がつくる日本語――ヒロインは「女ことば」を話し続ける』白澤社、二〇一三年

野坂昭如『アメリカひじき・火垂るの墓』新潮社、二〇〇七年

芳賀浩一『ポスト〈3・11〉小説論――遅い暴力に抗する人新世の思想』水声社、二〇一八年

橋本明子『日本の長い戦後　敗戦の記憶・トラウマはどう語り継がれているか』山岡由美訳、みすず書房、二〇一七年（Hashimoto, A. (2015). *The Long Defeat: Cultural Trauma, Memory, and Identity in Japan*. Oxford University Press.)

長谷川啓「性愛の言説『ベッドタイムアイズ――山田詠美』」『ジェンダーで読む愛・性・家族』岩淵宏子、長谷川啓編、東京堂出版、二〇〇六年、六四～七五頁

ハーシュ、マリアンヌ『母と娘の物語』寺沢みづほ訳、紀伊國屋書店、一九九二年（Hirsch, M. (1989). *The Mother / Daughter Plot: Narrative, Psychoanalysis, Feminism*. Indiana University Press.)

廣瀬幸生、長谷川葉子『日本語から見た日本人――主体性の言語学』開拓社、二〇一〇年

バルト、ロラン『明るい部屋――写真についての覚書』花輪光訳、みすず書房、一九九七年（Barthes, R. (1980). *La Chambre Claire. Note sur la Photographie*. Seuil.)

日比嘉高『ジャパニーズ・アメリカ――移民文学・出版文化・収容所』新曜社、二〇一四年
藤本由香里『私の居場所はどこにあるの?――少女マンガが映す心のかたち』学陽書房、一九九八年
フロイト、ジークムント『自我論集』竹田青嗣編、中山元訳、筑摩書房、二〇〇二年
――『フロイト全集17　1919‐1922年――不気味なもの、快原理の彼岸、集団心理学』須藤訓任、藤野寛訳、岩波書店、二〇〇六年
フィリップス、サンドラ・S「実体と実在の間で――石内都の芸術」『マザーズ 2000-2005　未来の刻印』淡交社、二〇〇五年、一〇四～一一六頁
ホーグランド、リンダ監督『ANPO』二〇一〇年
ホーグランド、リンダ監督『ひろしま――石内都・遺されたものたち』NHKエンタープライズ、二〇一二年
ボールドウィン、ジェイムズ「もう一つの国」『世界文学全集45』野崎孝訳、集英社、一九七三年
正木基「「絶唱、横須賀ストーリー」について」『石内都展　ひろしま/ヨコスカ』目黒区美術館、二〇〇八年、三八四～三八九頁
眞嶋亜有『「肌色」の憂鬱――近代日本の人種体験』中央公論新社、二〇一四年
松田良一『山田詠美　愛の世界――マンガ・恋愛・吉本ばなな』東京書籍、一九九九年
松本鶴雄「文芸時評12月　濃密感のある純愛小説」『図書新聞』第四七八号、一九八五年一二月二八日
水田宗子、北田幸恵編『山姥たちの物語――女性の原型と語りなおし』學藝書林、二〇〇二年
水村節子『高台にある家』角川春樹事務所、二〇〇〇年

水村美苗『私小説 from left to right』新潮社、一九九五年／（a）筑摩書房、二〇〇九年
――『続明暗』筑摩書房、二〇一四年
――『増補　日本語が亡びるとき――英語の世紀の中で』筑摩書房、二〇一五年
――『日本語で書くということ』筑摩書房、二〇〇九年
――（c）『日本語で読むということ』筑摩書房、二〇〇九年
――『母の遺産――新聞小説』中央公論新社、二〇一二年
――『本格小説（上・下）』新潮社、二〇〇二年
――「奔放な母放っておけず――「解放」願う自分との葛藤」『心が楽になる介護のヒント』読売新聞生活部編、中央公論新社、二〇一三年、八四～八八頁
――（b）「母語で書くということ」『すばる』九月号、集英社、二〇〇二年、一〇六～一〇九頁
水村美苗「帰って来た人間」『資本主義を語る』岩井克人、筑摩書房、二〇一〇年、二八一～三一八頁
水村美苗、鴻巣友季子「対談　日本語と英語のあいだで」『すばる』五月号、集英社、二〇一五年、二二六～二四四頁
蓑原俊洋『アメリカの排日運動と日米関係――「排日移民法」はなぜ成立したか』朝日新聞出版、二〇一六年
村上龍（a）『アメリカン★ドリーム』講談社、一九八五年
――（b）『限りなく透明に近いブルー』講談社、一九七八年
冥王まさ子『ある女のグリンプス』講談社、一九九九年

――『天馬空を行く』新潮社、一九八五年／河出書房新社、一九九六年
本橋哲也『ポストコロニアリズム』岩波書店、二〇〇五年
モリ、キョウコ『シズコズ　ドーター』池田真紀子訳、青山出版社、一九九五年
――『めぐみ』池田真紀子訳、青山出版社、一九九六年
――『悲しい嘘』部谷真奈実訳、青山出版社、一九九八年
――『ストーンフィールド』部谷真奈実訳、青山出版社、二〇〇二年
森禮子「モッキングバードのいる町」『女性作家シリーズ23　現代秀作集』角川書店、一九九九年
モリスン、トニ『青い眼がほしい』大社淑子訳、早川書房、一九九五年（Morrison, T.（1970）. *The Bluest Eye.* Holt, Rinehart and Winston.）
――『白さと想像力――アメリカ文学の黒人像』大社淑子訳、朝日新聞社、一九九四年（Morrison, T.（1992）. *Playing in the Dark: Whiteness and the Literary Imagination.* Harvard University Press.）
柳父章『翻訳とはなにか――日本語と翻訳文化』法政大学出版局、二〇〇三年
山口瞳「血族」『山口瞳大全　第三巻』新潮社、一九九三年、七～三三二頁
山口百恵『蒼い時』集英社、一九八〇年
山田詠美（c）「五粒の涙」『せつない話』光文社、一九八九年
――『ソウル・ミュージック――ラバーズ・オンリー』角川書店、一九八七年
――（b）『文藝　２００５年秋季号　特集山田詠美』河出書房新社、二〇〇五年

――（a）『ベッドタイムアイズ』河出書房新社、一九八五年／河出文庫、一九八七年
――『ベッドタイムアイズ・指の戯れ・ジェシーの背骨』新潮社、一九九六年
山田双葉『ミス・ドール Miss DOLL』河出書房新社、一九八六年
「横須賀火力発電所3号機〜8号機および1、2号ガスタービンの廃止について〜57年の歴史に幕、最新鋭の高効率発電設備へリプレース〜」東京電力フュエル&パワー株式会社プレスリリース、二〇一七年三月三一日 https://www.tepco.co.jp/fp/companies-ir/press-information/press/2017/1400801_8628.html
横森理香『恋愛は少女マンガで教わった――愛に生きてこそ、女!?』クレスト社、一九九六年
吉田城「ある文明開化のまなざし――芥川龍之介『舞踏会』とピエール・ロティ」『仏文研究』二九、一九九八年、一一九〜一二八頁
吉田美津『「場所」のアジア系アメリカ文学――太平洋を往還する想像力』晃洋書房、二〇一七年
吉原真里「Home Is Where the Tongue Is: ――リービ英雄と水村美苗の越境と言語」『アメリカ研究』三四、二〇〇〇年、八七〜一〇四頁 https://doi.org/10.11380/americanreview1967.2000.87
与那原恵「ルポルタージュ・時代を創る女たち 石内都 写真は私の記憶の器」『婦人公論』六月二二日号、中央公論新社、二〇一三年、一二〇〜一二五頁
ラカン、ジャック『エクリ1〜3』宮本忠雄他訳、弘文堂、一九七二〜一九八一年
リービ英雄『アイデンティティーズ』講談社、一九九七年
――『我的日本語 The World in Japanese』筑摩書房、二〇一〇年

――『越境の声』岩波書店、二〇〇七年
――『星条旗の聞こえない部屋』講談社、一九九二年
――『千々にくだけて』講談社、二〇〇五年
――『日本語を書く部屋』岩波書店、二〇〇一年
――『日本語の勝利』講談社、一九九二年
――『模範郷』集英社、二〇一六年
渡辺佳余子「キョウコ・モリの祖国日本――新移民の立場から」『東京成徳短期大学紀要第39号』二〇〇六年、四七～五五頁
ワトキンズ、ヨーコ・カワシマ『竹林はるか遠く――日本人少女ヨーコの戦争体験記』都竹恵子訳、ハート出版、二〇一三年（Watkins, Y. K.（1986）. *So Far from the Bamboo Grove.* William Morrow & Co.）
――『続・竹林はるか遠く――兄と姉とヨーコの戦後物語』都竹恵子訳、ハート出版、二〇一五年（Watkins, Y. K.（1994）. *My Brother, My Sister, and I.* Bradbury Press.）
「ヴェルニー、小栗の尽力により横須賀製鉄所建設開始（江戸時代）」『横須賀市ホームページ』https://www.city.yokosuka.kanagawa.jp/0832/emaki/edo/edo_data6.html

英語文献（アルファベット順）

Alvarez, M. T.（Tajima, M.）（2010）. Birth of the Female Student-Writer in Meiji Japan（1868-1912）: Miyake Kaho's The Warbler in the Grove. *Berkeley Undergraduate Journal*, 22（2）. https://doi.org/10.5070/B3222007672

Anzaldúa, G.（2012）. *Borderlands: The New Mestiza=La Frontera*（4th ed.）. Aunt Lute Books.

Ashcroft, B., Griffiths, G., & Tiffin, H.（Eds.）.（2003）. *Post-Colonial Studies: The Key Concepts.* Routledge.

DeCuir-Gunby, J. T.（2009）. A Review of the Racial Identity Development of African American Adolescents: The Role of Education. *Review of Educational Research,* 79（1）, 103-124. https://doi.org/10.3102/0034654308325897

Gross, M. & McGoey, L.（Eds.）.（2015）. *Routledge International Handbook of Ignorance Studies*.

Iguchi, A.（2011）. Homecoming, Exile and Bilingualism—Minae Mizumura's I-Novel from Left to Right—. *Journal of The Open University of Japan*, 29, 63-68. https://lib.ouj.ac.jp/nenpou/no29/29-6.pdf

Inoue, M.（2006）. *Vicarious Language: Gender and Linguistic Modernity in Japan.* University of California Press.

Kumakura, C.（1995）. History and Narrative in Japanese. *Surfaces*, 5.　https://doi.org/10.7202/1065000ar

Li, J.（2011）. What Border Are They Crossing? : A Few Sociolinguistic Issues with Foreign-born Writers of Japanese. 人文・自然研究 , 5, 347-379. https://doi.org/10.15057/19013

Mizumura, Minae.（2021）. *An I-Novel.*（J.W. Carpenter, Trans.）. Columbia University Press.

———.（1998）. Authoring *Shishosetsu from left to right. The New Historicism and Japanese Literary Studies.*（E. Sekine, Ed.）. The University of Michigan.　http://iwp.uiowa.edu/sites/iwp/files/IWP2003_Mizumura_minW.pdf

———. (1989, November 9). *Finishing the Unfinished Soseki* [Lecture]. The Department of Asian Studies, Cornell University, NY, United States.　https://www.mizumuraminae.com/essays

———. (2011). How to talk to a tragedy: One unlikely side-effect of the Japanese crisis has been a new critique of our use of honorifics. *The Guardian*. 17 April, 2011, 24.

———. Minae Mizumura. (2021). https://www.mizumuraminae.com/

———. (2004). On Translation. *91th Meridian*. International Writing Program. University of Iowa. IA, United States. https://iwp.uiowa.edu/sites/iwp/files/Minae_translation.pdf

———. (2004). Why I Write What I Write. *91th Meridian*. International Writing Program. University of Iowa. IA, United States. https://www.mizumuraminae.com/essays

Moraga, C. & Anzaldúa, G. (Eds.). (1983). *This Bridge Called My Back: Writings by Radical Women of Color* (2nd ed.). Kitchen Table Women of Color Press.

Mori, K. (2013). *Barn Cat*. Gemma Media Books.

———. (1995). *The Dream of Water*. Fawcett.

———. (1996). *One Bird*. Fawcett.

———. (1999). *Polite Lies: on Being a Woman Caught between Cultures*. Fawcett.

———. (1994). *Shizuko's Daughter*. Fawcett.

———. (2000). *Stone Field, True Arrow*. Metropolitan.

———. (2010). *Yarn: Remembering the Way Home*. Gemmamedia Book.

Nakai, A. (2005). Hybridity and Contemporary Japanese-language Literature. *Hitotsubashi Journal of Arts and Sciences*, 46 (1), 19-29. https://hermes-ir.lib.hit-u.ac.jp/hermes/ir/re/11258/HJart0460100190.pdf

Spivak, G. C. (1995). Can the Subaltern Speak? *The Post-Colonial Studies Reader*. Routledge.

Tajima, M. (2015, February 10). *The Role of Location in the Construction of Identity: A Comparison between Mizumura Minae's* Shishosetsu from left to right *and Fae Myenne Ng's* Bone [Paper presentation]. The Second Visegrad 4 Plus Japan Student Conference: Cross-Cultural Coexistence in an Era of Globalization, Josai International University, Kioi-cho campus, Tokyo, Japan.

Tajima, M., Zohar, A., & Feltens, F. (2019). The Story of Two Women: Ishiuchi Miyako and Iwasaki Chihiro (Excerpts from a Conversation between Ishiuchi Miyako and Ueno Chizuko — On *Mother's* and *Hiroshima*). *Review of Japanese Culture and Society*, 31, 189-202. https://doi.org/10.1353/roj.2019.0014

Toyota, T. (2014, May 9). *New Meaning of Nikkei: Shin Issei and the Shifting Borders of Japanese American Community in Southern California* [Paper presentation] . UCLA Terasaki Center for Japanese Studies Global Japan Forum. University of California at Los Angeles, CA, United States.

Vincent, K. J. (2014, November 15). What Makes a "True Novel"? *Public Books*. https://www.publicbooks.org/what-makes-a-true-novel/

Yamada, A. (2006). *Bedtime Eyes*. (Gunji, Y & Jardine, M. Trans.). St. Martin's Press.

写真出典一覧

【写真4】『私小説』四二四頁　©Toyota Horiguchi
【写真8】石内都『絶唱、横須賀ストーリー』写真通信社、一九七九年、表紙《絶唱、横須賀ストーリー #30（本町）》1976-77 45.6 × 55.9㎝　横浜美術館所蔵
【写真9】《絶唱、横須賀ストーリー #5（野比海岸）》1976-77 80.0 × 107.0㎝　横浜美術館所蔵
【写真10】《絶唱、横須賀ストーリー #9（久里浜）》1976-77 45.4 × 55.7㎝　横浜美術館所蔵
【写真11】《絶唱、横須賀ストーリー #24（走水）》1976-77 45.5 × 55.8㎝　横浜美術館所蔵
【写真12】《絶唱、横須賀ストーリー #42（安浦町）》1976-77 45.4 × 55.8㎝　横浜美術館所蔵
【写真13】石内都『絶唱、横須賀ストーリー』写真通信社、一九七九年、八五頁
【写真14】《絶唱、横須賀ストーリー #98（坂本町）》1976-77 45.5 × 55.9㎝　横浜美術館所蔵
【写真15】《絶唱、横須賀ストーリー #64（坂本町）》1976-77 45.5 × 55.9㎝　横浜美術館所蔵
【写真16】石内都『絶唱、横須賀ストーリー』一〇二頁
【写真17】《絶唱、横須賀ストーリー #111（長沢）》1976-77 45.6 × 55.7㎝　横浜美術館所蔵
【写真18】石内都『CLUB & COURTS YOKOSUKA YOKOHAMA』蒼穹舍、二〇〇七年、一頁

【写真19】石内都『CLUB & COURTS』一九頁
【写真20】石内都『CLUB & COURTS』八頁
【写真21】石内都『CLUB & COURTS』一七頁
【写真22】石内都『CLUB & COURTS』二八頁
【写真23】石内都『YOKOSUKA AGAIN』蒼穹舎、一九九八年、一五頁
【写真24】石内都『YOKOSUKA AGAIN』二一頁
【写真25】石内都『YOKOSUKA AGAIN』八頁
【写真26】石内都『YOKOSUKA AGAIN』二〇頁
【写真27】石内都『YOKOSUKA AGAIN』五四頁
【写真28】石内都『YOKOSUKA AGAIN』三二頁
【写真29】石内都『YOKOSUKA AGAIN』三三頁
【写真30】石内都『YOKOSUKA AGAIN』四一頁
【写真31】石内都『YOKOSUKA AGAIN』四〇頁
【写真32】石内都『YOKOSUKA AGAIN』三五頁
【写真33】石内都『YOKOSUKA AGAIN』五五頁
【写真34】石内都『YOKOSUKA AGAIN』三九頁
【写真35】石内都『CLUB & COURTS』三七頁

【写真36】石内都『YOKOSUKA AGAIN』三頁

初出一覧

第二章

「石内都の「横須賀ストーリー」――境界の傷跡」『女性学ジャーナル』ウィメンズアクションネットワーク（WAN）

二〇一九年　https://wan.or.jp/article/show/8477

第三章第一節

「母親探しと言葉の獲得――山田詠美『ベッドタイムアイズ』」『昭和後期女性文学論』新・フェミニズム批評の会編、翰林書房、二〇二〇年、四一三〜四二六頁

【著者】

但馬 みほ

（たじま・みほ）

1965年神奈川県横須賀市出身。
2006年に41歳でカリフォルニア大学バークレー校に入学、
2009年同校卒業（アジア研究、日本語・日本文学複数専攻）。
2010年日本に帰国後、日本文学、比較文化、
ジェンダー批評に主軸を置いた研究を続けるため、
2012年城西国際大学大学院に進学、2018年博士号取得（比較文化博士）。
現在は言語教育のNPOに勤務しながら、翻訳・研究活動を個人で続けている。
ファイ・ベータ・カッパ（Phi Beta Kappa）会員。

アメリカをまなざす娘《むすめ》たち

水村美苗《みずむらみなえ》、石内都《いしうちみやこ》、山田詠美《やまだえいみ》における越境《えっきょう》と言葉《ことば》の獲得《かくとく》

2022年8月5日　第1刷発行

【著者】

但馬みほ

©Miho Tajima, 2022, Printed in Japan

発行者：高梨 治

発行所：株式会社**小鳥遊《たかなし》書房**

〒102-0071　東京都千代田区富士見1-7-6-5F

電話03 (6265) 4910（代表）／FAX　03(6265)4902

https://www.tkns-shobou.co.jp

装幀　鳴田小夜子（KOGUMA OFFICE）

印刷　モリモト印刷(株)

製本　（株）村上製本所

ISBN978-4-909812-93-3　C0095

本書の全部、または一部を無断で複写、複製することを禁じます。
定価はカバーに表示してあります。落丁本・乱丁本はお取替えいたします。